KB072719

레전드급 낙오자 8

홍성은 장편소설

초판 1쇄 찍은 날 § 2020년 8월 10일
초판 1쇄 펴낸 날 § 2020년 8월 17일

지은이 § 홍성은
펴낸이 § 서경석

총괄팀장 § 노종아
편집책임 § 강서희
디자인 § 소소연

펴낸곳 § 도서출판 청어람
등록번호 § 제387-1999-000006호
등록일자 § 1999. 5. 31
어람번호 § 제1-3074호

주소 § 경기도 부천시 부일로 483번길 40 서경B/D 3F (우) 14640
전화 § 032-656-4452 팩스 § 032-656-4453
http://www.chungeoram.com
E-mail § chungeorambook@daum.net

ISBN 979-11-04-92229-9 04810
ISBN 979-11-04-92131-5 (세트)

레전드급 8
낙오자

레전드급
낙오자

목차

Chapter 1

"쉽군요! 대단히 쉬운 전투였어요!!"

일단의 전투를 끝낸 후, 나와 달리 반복한 기억이 없는 비
토리아나는 완전히 기세등등해지고 말았다.

비토리아나가 경험하기론 아무 위기 없이 단번에 모든 악마
대왕들을 처치한 셈이 되니 저러는 것도 무리는 아니다.

게다가 대왕들의 코어를 대량으로 삼킨 탓에 비토리아나의
마기는 이전에 없던 수준으로 증폭되어 있었다. 그녀도 이미
대왕이라 일컬어질 만한 마기를 쌓았지만, 지금은 그 수준보다
도 두세 수준은 더 초월할 정도가 되었으니 저렇게 기세등등

한 게 오히려 당연했다.

"아하하하, 대왕들 별것 아니네! 만마전에 살 때는 그렇게 스트레스를 주던 놈들이었는데!"

물론 이렇게 된 비토리야나를 그냥 내버려 둘 내가 아니다.

"강해졌구나, 비토리야나."

"네, 서방님!"

내 부름에 비토리야나는 정말 기쁜 듯 날 돌아보았다. 이제부터 자신과 내 사이에 무슨 일이 벌어질지 이미 알고 있을 텐데도, 그녀는 순진무구한 기쁨을 내게 표출했다.

"그럼 좀 나눠주렴."

[흡마신법]

나는 비토리야나에게 [흡마신법]을 걸었다. S랭크의 [흡마신법]은 지금까지 없던 어마어마한 속도로 비토리야나에게서 마기를 뽑아내기 시작했다.

"으아아, 아아앗! 이상해져 버려!! 이상해져 버려요, 서방님! 계, 계속해 주세요!!"

너무 많은 마기를 빨아들인 탓에 비토리야나가 이상한 데 눈을 뜬 거 같지만 기분 탓이라 쳐두도록 하자. 그렇다고 마기를 안 빨 수도 없는 노릇이니까.

그건 그렇다 치고, [퀵 세이브]와 [퀵 로드]를 너무 많이 반복했다 싶긴 하다. [흡마신법]을 통해 빨아들인 마기를 신성으로 치환한 후에나 내 신성은 비로소 흑자가 되었으니 말이다.

아무튼.

그렇게 해서 우리는 악마 대왕들을 완전히 처치했다. 만마전의 주축 세력이 이 자리에서 소멸해 버린 셈이다. 교단 세력의 진출을 막고 있던 전선은 완전히 무너져 내렸고, 크고 작은 악마들은 목숨 하나 부지하고자 도주하기 바빴다.

내가 저놈들을 그냥 보내줄까? 저게 다 경험치고 신성인데? 그럴 리가.

나와 비토리아나는 악마들의 퇴로를 막고 진리의 검과 바즈라로 요격했다. 내가 흘리는 악마들은 루시피엘라와 안젤라가 이끄는 함대를 요격 태세로 배치해 주포와 천자총통을 쏘도록 해 처치했고 말이다.

교단 세력이 밀어붙이는 상황에 내가 퇴로를 막으니 악마들은 목숨을 걸고 날뛰었으나 큰 의미가 없었다. 대왕들도 다 잡아 죽였는데 짜투리들이야 뭐.

그렇다고 모든 악마들을 다 섬멸시킬 수 있었던 건 아니지만, 나와 교단 세력은 말 그대로 대승을 거두었다. 그리고 그 상태로 우리는 만났다.

사전에 짜놓은 작전대로, 말이다.

　　　　*　　　　　*　　　　　*

　최전선에 선 크루세이더 군단장은 아는 사람이었다. 11군단
장 잭 제이콥스. 사람이 아니라 천사지만, 뭐 그게 중요할까.

　저쪽에서도 작전에 성공한 모양이었다. 잭 제이콥스가 당당
히 통신기를 잡고 있는 것만 봐도 쉬이 알 수 있는 사실이다.
브뤼스만의 끄나풀이 크루세이더 세력을 휘어잡고 있었다면
그를 가만 놔두지 않았을 테니까.

　이것으로 조건은 갖춰졌다.

　유일교단이라는, 말만 들으면 신정국가처럼 보이는 그 이미
지로는 믿기 힘들지만 의외로 교단의 정치 체제는 공화제였
다. 권력자들이 대중의 지지를 중요한 자원으로 여기는 사회
라는 소리다. 그리고 크든 작든 전쟁의 승리는 대중의 지지를
이끌어낼 유용한 수단이다.

　즉, 교단이 만마전의 사악한 악마들로부터 승리를 거두는
이 결정적인 순간을 중계하지 않을 이유가 더 적다는 소리다.
생중계까지는 아니더라도, 언젠가는 반드시 대중들에게 이 순
간이 전달된다.

　그러니 이 순간이 내가 등장하기에 가장 걸맞은 순간이 된
다. 그 승리에 결정적인 보탬이 된 세력이 나라는 걸 부정할

수 없는 확실한 증거가 영상으로 남는다는 의미다.

─협력에 감사한다, 이진혁.

잭 제이콥스의 목소리가 들렸다.

이제부터가 가장 중요하다. 교단 전체를 적으로 돌리느냐, 교단 일부를 적으로 돌리느냐가 이 작전으로 판가름 날 테니까.

─하지만 이진혁, 왜 우릴 도왔지?

─나 또한 저들을 증오하기 때문이다.

이것은 연극이며 연기지만 진실이다.

─네가 악마들을 증오한다고? 너는 악마들과 함께 우리 교단의 12군단을 소멸시킨 장본인이지 않은가!

잭 제이콥스는 적어도 나보다는 연기에 재능이 있는 것 같았다. 정말 격노한 것처럼 저런 대사를 토해내는 것을 보니 말이다.

…연기 맞지?

─그것은 사실이 아니다.

나는 의구심을 품은 채 정해진 대사를 토해냈다. 그리고 그건 잭 제이콥스도 마찬가지였다.

─거짓말하지 마라!

─나는 12군단 군단장인 야코프 체렌코프와 동맹을 맺었었다. 우리가 동맹을 맺고 함께 싸운 적들이 그 악마들이다. 나

는 내 친우인 야코프의 복수를 하기 위해 여기까지 왔다.

내 입장에선 뭔가를 꾸미거나 가장할 필요가 없었다. 담담히 사실만 토로하면 된다.

─그리고 나는 악마들을 사주하고 충동질해 야코프를 비롯한 12군단을 함정에 빠뜨린 인면독사 브뤼스만 라이언폴드에 대해서도 복수를 다할 것이다……!

그걸 의식하고 일종의 재연극을 하고 있음에도, 내 목소리는 파르르 떨렸다.

통신 너머로 약간의 소란이 일었다.

이 통신은 공개 채널로 이뤄지고 있었다. 사관들은 물론, 일개 병사들에게도 이 통신이 공개되어 있다는 소리다.

브뤼스만이 귀찮은 조건을 만족시켜 가며 병사들에게까지 [지배의 권능]을 행사했을 가능성은 낮지만 없지는 않았다. 그런 끄나풀이 내 입에서 나온 브뤼스만의 이름에 소란을 피우기 시작했을 수도 있다.

그러나 그걸 제압하는 건 내 역할이 아니다. 크루세이더들의 역할이다. 실제로 이전과 달리, 그러니까 잭 제이콥스만을 포섭하려고 노력했던 그때와 달리 소란은 곧 잦아들었고 통신은 아직도 이어지고 있었다.

─증거……. 증거는 있는가?

─있다.

나는 브뤼스만의 끄나풀이었던 악마 대공 오로블주와의 교전 데이터를 통신채널을 통해 송신했다.

—그분께서 내게 힘을 주셨다······. 언젠가 이런 일이 일어날 것을 아시고······. 이 내게! 이 악마 대공 오로블주에게!

—···브뤼스만! 그 인면독사가!!

—그분의 이름을 망령되이 일컫지 마라! 각 전함, 주포 발사!! 저 여자를 증발시켜 버려!!

그 육성 데이터가 통신기를 통해 여과 없이 흘러 나갔다. 오로블주의 입에서 브뤼스만의 이름이 직접 나오지는 않았으나, 이 정도로 충분하리라.

잭 제이콥스의 말을 잃은 것 같은 연기는 출중했다. 저놈은 이미 한 번 봤던 교전 데이터니까. 이쪽 함교에까지 와서 말이다. 다음에 만나면, 그러니까 완전한 평화가 도래하면 연극 동아리라도 만들어보라고 추천해 줄까? 그건 나중에나 고민해 보자.

—교단 내부에도 놈의 끄나풀이 있다는 걸 알고 있다. 그렇다고 교단의 모든 이들을 적대할 생각은 없다. 내 목표는 하나, 브뤼스만뿐이다.

나는 정해진 대사를 마저 읊었다. 그리고 정해진 대로 잭 제이콥스는 긴 침묵을 통신기에 흘린 후, 한숨과 함께 입을 열었다.

―…교단은 그대가 속한 인류연맹을 상대로도 선전포고를 행했다. 그러니 우리 크루세이더는 그대에 대해서도 공격을 명받았다.

―그런가. 어쩔 수 없군.

이 부분의 대사는 조금 오그라들지만 어쩔 수 없다. 이 부분은 내가 연기해야 한다.

―그럼 나는 이만 도망치도록 하지.

―뭣?!

나는 통신기를 껐다. 이걸로 연극은 끝났다.

이게 얼마나 효과적일지는 모르겠다. 생중계라면 좋겠지만, 아니라면 교단 상부에서 나와의 통신에 가위질을 넣을 가능성은 그리 낮지 않다. 아예 중계를 하지 않을 가능성도 꽤 높고.

하지만 크루세이더 일반 병사를 상대로는 그럭저럭 효과를 발휘할 거라고 기대하고 있다.

진실은 강력한 무기이다. 그것을 숨기는 게 쉽지 않기 때문이다. 특히나 아는 사람이 많은 진실이라면 더욱 그렇다. 크루세이더 전원의 입을 막는다? 그건 정말 어려운 일일 것이다.

누구의 입으로든 어떤 방식으로든 진실이 교단의 대중에 흘러 나간다면 그것만으로 내 의도는 달성된 셈이다.

　　　　*　　　　　*　　　　　*

　이진혁의 생각과 달리, 이진혁과 잭 제이콥스의 통신은 생
중계되고 있었다.

　문제는 그 중계가 교단의 대중이 아닌 브뤼스만 라이언폴드
개인 소유의 TV에만 송출되었다는 점이었지만 말이다.

　이것은 해킹도 아니고 우회도 아니었다. 정말로 그냥 브뤼
스만에게 이 영상이 생중계로 들어온 거였다.

　교단의 총통은커녕 대주교들조차도 아직 이 영상은 보지
못했다. 교단이 공화제로 바뀐 뒤로 교황 자리는 공석이니, 교
단 소속의 그 누구도 영상을 보지 못한 셈이다. 현장에 있던
크루세이더들 또한 제외해야겠지만 말이다.

　사실 말도 안 되는 일이다. 교단의 군대, 크루세이더의 가장
중요한 순간을 누구보다도 먼저 본 게 이제는 교단 소속도 아
닌 브뤼스만 라이언폴드라는 건 교단의 사정을 잘 모르는 이
가 들어도 믿지 않을 일이리라.

　그것은 오직 브뤼스만에게만 다행한 일이었다.

　"이겼다고 생각했느냐? 아니면 한 방 먹였다고 생각했느냐."

　브뤼스만은 이진혁을 비웃었으나, 입으로 내뱉는 말과는 달
리 미간은 잔뜩 찌푸려져 있었고 그는 입술 한쪽을 짓씹고
있었다.

브뤼스만은 천천히 움직여 냉장고에서 맥주 한 캔을 꺼내 들었다가, 다시 집어넣고 냉장고 문을 쾅 닫았다. 그리고 담뱃갑을 꺼내 담배 한 대를 꺼내 물었다가 그걸 부러뜨려 버렸다.

담뱃잎으로 더러워진 손을 그대로 탁탁 털어내곤 브뤼스만은 푸우, 하고 한숨을 내쉬었다. 그러고선 브뤼스만은 일그러진 웃음을 띠었다. 억지 미소였다.

"그래, 인정하지. 내게 한 방 먹인 것만은 틀림없다."

브뤼스만은 주머니에서 구형 휴대폰을 꺼내 손아귀에서 몇 바퀴 굴리다가, 뭔가 결심한 듯 휴대폰을 꽉 쥐었다. 휴대폰은 부서지지 않았다. 그가 힘 조절을 했기 때문이었다.

"그러나 이것은 네 승리가 아니다."

딸깍.

브뤼스만은 휴대폰의 폴더를 열고, 물리 버튼을 꾹 눌렀다. 0번이었다.

─카자크입니다.

"그래, 나다."

브뤼스만은 잠깐 망설였다.

카자크를 그쪽에 파견해 둔 건 다른 임무 때문이었고, 이건 그저 만약을 위해 남겨놓은 옵션 중 하나일 뿐이었다. 혹시라도 줄리아 시저가 배신한다거나, 아니면 크루세이더들이 반란을 일으킨다거나.

어느 쪽이든 대단히 낮은 가능성이었으나, 그것이 실제가 된 지금 망설여선 안 된다.

결단은 곧 내려졌다.

"전부 터뜨려."

─무엇을 말입니까?

"크루세이더 전함."

되묻는 카자크에게 브뤼스만은 약간의 짜증을 느꼈지만, 카자크에게도 스트레스가 큰 일일 것이다. 사실 브뤼스만으로서도 선택하고 싶지 않았던 옵션이었으니 말이다.

마지막 망설임을 털어버리듯, 브뤼스만은 단호히 명령했다.

"놈들의 쓸모는 다했다. 단 한 명의 생존자도 놔둬선 안 돼. 다 죽여."

─알겠습니다.

다시 휴대폰의 폴더를 닫은 후, 브뤼스만은 휴대폰을 낡은 소파에 집어던졌다.

"이 싸움의 승리 따위, 악마들에게나 던져주도록 하지."

저벅, 저벅, 저벅.

쾅.

문 닫힌 기세에 낡은 오두막의 벽이 떨렸다.

＊　　　　＊　　　　＊

　"됐다."

　연극을 끝내고 통신기를 내려놓은 잭 제이콥스는 선언했
다.

　"우리가 이겼다."

　희열이 끓어올랐다.

　잭 제이콥스는 참과 거짓을 구분할 수 있다. 그런 그는 진
실만을 말하는 이진혁의 이야기를 믿었다. 적의 이야기지만,
그게 뭐 어떻단 말인가.

　브뤼스만 라이언폴드는 이제는 교단 소속조차 아니다. 그런
데 장막 뒤에 선 그의 조종에 따라, 교단 내의 괴뢰들이 끼친
패악이란 이루 말할 수가 없다. 만신전과의 전쟁에서부터 그
군공과 금전적 이득을 가져가 어느새 교단의 기득권이 되어버
린 자들이 그들이다.

　그들 신 기득권은 그들 스스로를 '신네오콘'이라 불렀다. 그
단어가 어떤 의미인지 잭 제이콥스는 이해하지 못했으나, 그
저 그들 자신이 그리 자칭하는 것만으로 그 단어의 어감을 최
악으로 받아들이게 되었다.

　그런 신네오콘 일파의 정신적 지주인 브뤼스만이 크루세이
더 12군단과 그 군단장이자 자신의 친우인 야코프 체렌코프

를 제물 삼아 새로운 전쟁을 시작하려 했다는 말은 설령 잭 제이콥스에게 참과 거짓을 가릴 능력이 없었어도 그럴 듯하다 믿었을 이야기였다.

이진혁은 브뤼스만에게 복수를 하고 싶다고 했다. 그리고 참과 거짓을 가리는 잭 제이콥스의 고유 특성은 그의 말이 마음에서 우러난 진실임을 그에게 알려주었다. 그러니 나는 이진혁을 지지한다. 잭 제이콥스는 그렇게 마음을 먹었다.

'아니, 그의 복수가 곧 나의 복수이기도 하지.'

이번 일은 복수의 첫 단추가 될 뿐이다. 그저 교단에서 그의 괴뢰를 실각시키는 데서 복수가 끝날 리 없다. 언젠가 반드시 죄의 대가를 받아내겠다. 피로써, 죽음으로써.

잭 제이콥스가 거기까지 생각했을 때였다.

쿠궁.

불길한 진동이 함 내에서 울려 퍼졌다.

"뭐야?"

잭 제이콥스는 새로운 부관에게 물었다. 브뤼스만의 [지배의 권능]에 걸린 상태인 전임 부관은 제압해 함 내 구속실에 처박아둔 터였다. 이진혁에게 데려가 권능을 푸는 건 나중으로 미뤘다. 그게 잘못된 거였을까?

아니었다.

쿠드드둥.

진동음은 한결 더 커졌다. 무슨 일이 일어나고 있는지 알아차린 건 부관의 보고 덕이 아니었다. 부관 또한 영문을 모른 채 당황하고 있을 따름이었다.

바로 옆 전함이 폭발로 인해 반으로 갈라지고 있었다. 그 장면이 잭 제이콥스의 시야에 들어왔다. 그걸 본 순간, 그는 지금 무슨 일이 일어난 건지 뒤늦게 알아차렸다.

"미친… 미친!!"

잭 제이콥스는 말을 맺을 수 없었다. 연료실에서부터 비롯된 폭발이 기어이 11군단 모함의 함교에도 짓쳐들었기 때문이다.

잭 제이콥스는 교단제의 우주복을 입고는 있었지만, 폭발에 휘말린 순간 불타 버렸다. 내화성이 없는 우주복이라니! 대유일교단의 최전선에 전달된 보급품인데 말이 되는가?

잭 제이콥스는 동시에 이것이 브뤼스만과 교단의 괴뢰들, 신네오콘들의 짓임을 알아챘다. 그러나 그 정보가 다른 이에게 흘러들어 가는 일은 없었다.

극한까지 성장한 플레이어에게도 우주는 가혹한 환경이다. 더욱이 폭발이 이어지고 있었다. 단순히 연료에 불이 붙은 것만으로는 설명될 수 없는 격렬한 폭발. 이것은 사고가 아니다. 의도적인!

잭 제이콥스의 의식이, 사고가, 목숨이 이어질 수 있었던 것은 거기까지였다.

＊　　　＊　　　＊

나는 어떤 예감에 뒤를 돌아보았다.

지금 우리는 교단의 군세로부터 도주 중인 상태였다. 연기였지만, 그렇다고 적당히 할 수는 없는 노릇이다. 아니, 영상으로 남을 터였기 때문에 오히려 더 열심히 도망가는 중이었다.

"잠깐."

나는 당황해서 고개를 돌렸다.

폭발이 일어나고 있었다. 거대한 폭발이. 크루세이더 함대 전부를 집어삼킬 만한……. 그리고 그 폭발의 폭심지는 크루세이더의 전함이었다.

연이어 이어지는 폭발을 멍하니 보고 있던 내 정신을 차리게 해준 건 시스템 메시지였다.

─주인 잃은 권능이 새 주인을 찾습니다.

─[거짓 간파의 권능]이 당신을 새 주인으로 인정합니다.

─[거짓 간파의 권능]이 당신의 스킬이 되었습니다.

[거짓 간파의 권능]

　―등급: 권능(Power)

　―숙련도: 연습 랭크

　―효과: 대상의 말 다섯 마디 중 세 마디의 거짓을 간파하면 활성화 가능. 지정한 한 마디의 거짓을 간파할 수 있다.

　[거짓 간파의 권능]. 잭 제이콥스가 자신의 입으로 자신의 것이라 말했던 권능. 그 권능이 내게 찾아왔다.

　이것뿐만이 아니었다. 합쳐서 7개의 권능 스킬이 내게 찾아와 내가 새 주인임을 인정했다.

　7개의 권능 스킬. 여섯의 크루세이더 군단장과 하나의 사령관. 그들이 지니고 있던 모든 권능 스킬이 내게 왔다. 이것이 의미하는 바는 실로 명백했다.

　군단장들 중 그 누구도 살아남지 못했다는 뜻이다.

　아니, 사령관과 군단장들뿐일까. 군단장을 받쳐주는 부관, 휘하의 간부들. 사단장, 대대장, 중대장, 모든 지휘관들. 그리고 병사에 이르기까지. 누구 하나 살아남지 못하고 모두 죽었을 것이다.

　폭발의 규모가 그러했다. 마치 행성이 폭발하는 것 같은 모습. 도저히 외부의 공격으로 가능한 폭발이 아니었고, 사고로 일어날 수 있는 일이 아니었다. 명백히 내부의 소행이자 의도

적으로 이뤄진 무차별 테러였다.

그리고 그 배후가 누군지 나는 자동적으로 깨달았다.

"브뤼스만, 브뤼스만. 브뤼스만 라이언폴드."

나는 세 번이나 그 이름을 되뇌어야 했다. 잊을까 봐 그러는 게 아니다. 나는 지금 매우 심한 욕설을 입에 올린 거다. 다른 어떤 욕설도 브뤼스만이라는 이름보다 심한 욕설은 아닐 테니까.

"하."

웃음소리가 새어 나왔지만, 내 입술은 미소와는 거리가 멀었다. 당연히 웃음도 아니다. 매우 더러운 기분이다.

절망에 잠기거나 마음 아파하거나 하지 않을 수 있는 건 당연히 내가 어느 정도 시점을 되감을 수 있기 때문이다.

하지만 내게 이런 능력이 없었더라면 저 많은 사람들은 다 죽었을 거다. 손 쓸 새도 없이, 속수무책으로.

야코프 체렌코프 때처럼.

아니, 어쩌면 시점을 되감는다고 해도 저들을 살리지 못할 수도 있다. 그러면 더더욱 기분이 더러워지겠지. 가능하면 피하고 싶은 일이다. 그러지 않도록 노력해야 할 것이다.

어느새 폭발이 멎었다. 그리고 그 많던 생명들도 모조리 소멸해 버렸다.

"서, 서방님……."

내 옆에 있던 비토리아냐가 날 불렀지만, 난 대답하지 않았다.

이 이상 시간을 끌 이유도 없다. 낭비다.

시점을 더 많이 되감을수록 신성 소모도 급격히 커지니까.

"이 최악의 결과를 보는 건 이번 한 번으로 끝일 거다. 브뤼스만."

나는 그렇게 씹어뱉고, 스킬을 발동시켰다.

[퀵 로드]

*   *   *

[퀵 로드]로 시점이 바뀌었다. 내가 돌아온 시점은 바로…….

"여기군."

"읍! 읍!"

줄리아가 내 혼잣말에 대꾸라도 하듯 재갈로 단단히 묶인 입으로 신음성을 토해내었다.

그랬다. 내가 돌아온 시점은 바로 잭 제이콥스가 교단 크루세이더 사령관을 납치해 온 그 시점이었다.

[퀵 세이브]로 허용된 세이브 슬롯은 세 개뿐이다. 이 횟수

를 넘어 세이브를 반복하면 가장 먼저 세이브했던 시점이 지워지며 새 세이브로 슬롯이 갱신된다.

그러니 [선험] 스킬 그 자체를 해제하지 않는 한, 이 시점이 내가 돌아올 수 있는 가장 오래된 시점이었다.

"여기라니?"

잭 제이콥스가 영문을 모르겠다는 듯 내게 되물었다.

"아무것도 아니야."

하지만 다행이다. 뭐가 다행이냐면, 이제는 일어나지 않은 일이 된 크루세이더의 전멸로 인해 내게 왔던 7개의 권능 스킬이 내 스킬창에 고스란히 남아 있었기 때문이다.

스킬창을 열자 스킬 합성창이 몇 개 뜬 것 같지만, 지금은 그런 걸 고려하고 있을 때가 아니기에 일단 껐다. 나중에 확인해야지.

나는 [신산귀모]를 사용해 줄리아 시저를 들여다보았다. 전과 같이 [지배의 권능]이 잘 걸려 있다. 아니, 이걸 잘 걸려 있다고 하면 안 되지. 나는 [신산귀모]로 그 권능을 지워 버렸다.

"끝났나?"

내가 줄리아에게 걸려 있는 권능 스킬을 지워 버린 것 같으니, 잭 제이콥스는 얼른 그녀를 풀어주려고 했다. 그러나 나는 그의 어깨를 잡아 멈췄다.

"아직 풀지 마."

[지배의 권능]에서는 풀려났으나, 그녀는 아직 주박에 사로잡힌 채일 터였다. 스킬이 아닌 방식으로 그녀를 지배해 온 브뤼스만의 주박에. 스킬 하나로 간단히 해제할 수 없으니 더욱 악랄하다고도 볼 수 있는. 그것은 차라리 세뇌에 가깝다.

[유혹의 권능]을 통해 억지로 그녀를 포섭하는 것도 가능하고, 그게 이미 해본 방법이기도 했다. 하지만 지금이라면 더 나은 방식으로 그녀를 주박에서 풀어주는 게 가능하지 않을까?

이전에는 줄리아가 브뤼스만에게 직접 연락할 방법을 갖고 있을지도 모르니 위험 부담 때문에라도 쓸 수 없는 방법이었다. 그러나 지금의 나는 그녀에게 그런 수단이 없다는 걸 안다. 그러니 이번엔 시도할 수 있다.

"줄리아 시저."

"……!"

줄리아는 눈을 부릅떴다. 자신의 이름을 어떻게 알고 있냐는 표정이다. 곧 시선은 잭 제이콥스에 가 박혔으나, 그 또한 고개를 저었다.

"넌 브뤼스만에게 있어 버림패다."

"……?!"

시선만으로 참 다양한 표정을 선보이는 그녀의 모습이 묘하게 재밌지만, 지금은 재미있어 해선 안 된다. 오히려 되도록 진지하고 침중한 표정을 보여야 한다.

"크루세이더의 모든 전함에 자폭장치가 달려 있는 걸 알고 있는가?"

줄리아 시저가 눈을 동그랗게 떴다. 모르는 모양이군. 사령 관인 그녀가 말이다. 하긴 미리 알았다면 먼저 반응했겠지. 당 시의 그녀는 내 [기아스]에 걸려 있었으니까, 그런 중요한 사실 을 내게 고지하지 않는다는 '배신'을 저지를 리 없다.

"그, 그게 무슨 소리야?"

대꾸한 쪽은 잭 제이콥스였다. 줄리아에게 재갈이 물려 있 지 않았더라면 그녀의 입에서 먼저 나왔을 대꾸였을 터다.

"작전을 바꿔야 해, 잭 제이콥스. 우리의 작전대로 진행하면 크루세이더 전원이 폭사한다. 사령관부터 시작해서 병사 한 명 남기지 않고 예외 없이, 전부."

"뭐라고? 그런 건 어떻게 아는 거야?"

잭 제이콥스가 놀라 따져 물었다. 당연히 그럴 만한 사안이 다. 나는 그의 손을 내 어깨에서 치우며 말했다.

"미래를 보고 왔거든."

회심의 미소를 짓기엔 다가올 미래가 너무 참혹하다. 나는 일그러진 미소를 짓곤 줄리아 시저에게 시선을 돌렸다.

"이제 좀 이야기를 들을 자세가 된 것 같군, 줄리아 시저."

'눈으로만 말해요' 같은 대회가 있다면 분명 우승감은 이 여자다. 나는 그녀의 입을 막은 재갈을 풀어주었다. 물론 재갈만 풀었다. 스킬을 봉인하는 구속구는 그대로 두었다. 이 정도로 그녀를 회유했다고 판단할 순 없으니까.

"미래를 보고 왔다고?"

'미래의' 줄리아 시저와 달리 곧장 공격성을 드러내는 그녀의 모습을 보며, 나는 묘한 감상에 사로잡혔다. 그러나 길게 이러고 있을 수는 없다. 나는 비죽 웃으며 대꾸했다.

"그래, 브뤼스만의 양녀."

"양녀?! 브뤼스만의!?"

놀란 건 잭 제이콥스 쪽이었다. 그의 반응에 나는 줄리아에게 물었다.

"비밀이었나 보지?"

줄리아 시저는 입만 뻐끔거리고 있었다. 기껏 재갈을 풀어줬는데도 말이다.

뭐, 눈만 봐도 비밀이었단 건 알겠다.

*　　　　*　　　　*

"별로 의도한 건 아니지만 이걸로 좀 신뢰를 얻을 순 있겠군. 그럼 이야기를 하지."

나는 내가 보고 듣고 경험한 걸 그들에게 모두 털어놓았다.

비록 줄리아 시저에게 [유혹의 권능]과 [기아스]를 사용해 제압했다는 건 쏙 뺐지만, 나머지는 진실만을 이야기했다. 그야 당연하다. 잭 제이콥스에겐 [거짓 간파의 권능]이 있으니 거짓말을 해봤자 신의만 잃을 뿐이다.

"전부 진실이군. 믿기 힘든 이야기지만……."

잭 제이콥스는 으드득 이를 갈았다. [거짓 간파의 권능]이 이럴 때는 좋다. 내 증언을 증명하기 위해 증거를 내밀 필요가 없으니.

그건 그렇다 치고, 내 스킬창에 여전히 [거짓 간파의 권능]이 남아 있음에도 불구하고 잭 제이콥스도 [거짓 간파의 권능]을 쓰는 걸 보니 아무래도 타임 패러독스 때문에 같은 권능이 중복해서 존재할 수 있게 된 것 같았다.

최악의 경험이었지만, 이걸 알게 된 것만큼은 큰 소득이라 할 수 있었다.

물론 7개나 되는 권능 스킬을 얻은 것도 소득이라고 할 수야 있겠지만 별로 그렇게 생각하고 싶지는 않았다. 언젠가 이 권능 스킬들로 브뤼스만을 죽일 수 있다면, 그때가 되어서야 나는 이걸 이득으로 생각할 수 있게 되리라.

"오로지 자신의 계획을 위해 12군단을 소멸시킨 놈이라면 할 만한 짓이지."

잭 제이콥스의 씹어뱉는 발언을 듣고 나는 상념에서 벗어났다.

"아니야, 그럴 리……. 그럴 리 없어."

이야기를 하면서 잭 제이콥스는 자신의 권능이 어떤 건지에 대해서도 줄리아 시저에게 털어놓았다. 그럼에도 불구하고 그녀는 고개를 저으며 못 믿는 듯했다. 정확히는 믿기가 싫은 거겠지. 괴로워하는 그녀의 모습은 천사임에도 꼭 인간 같았다.

"그러니 작전을 처음부터 새로 짜야 해. 전부 다."

나는 굳이 줄리아 시저의 심리를 케어하려 들지 않았다. 지금은 그녀보다 작전 쪽이 급했다.

"곤란하군. 작전의 근본부터 바꿔야 해."

잭 제이콥스는 입술을 짓씹으며 말했다.

"내가 너무 안일했군. 안이했어. 상대가 그런 극단적인 수를 쓸 거라곤 염두에도 못 뒀으니."

그건 내가 할 소리다. 한 번 먹힌 작전은 또 쓸 거라고 예상했어야 했다. 자기 목적을 위해 이미 12군단을 희생시킨 놈이다. 그게 여섯 배로 늘었다고 안 할 거라 생각하지 말아야 했다.

하지만 후회해 봐야 시간 낭비다. 지금 경험으로부터 건져야 할 건 후회가 아니라 교훈이다.

"먼저 놈이 하필이면 왜 그때 돌을 던졌는지 알아야 해."

잭 제이콥스가 말했다. 돌을 던졌다는 건 인상적이면서도 납득이 가는 표현이었다. 크루세이더 함대를 자침시킨 선택은 브뤼스만에게 있어서도 굴욕적인 선택이었을 것이다. 놈은 패배하지 않기 위해, 혹은 패배의 피해를 줄이기 위해 그런 짓을 한 거니까.

그렇다고 그게 내게 있어서 굉장히 유리한 건 아니었다. 승리하지 못한 건 나도 마찬가지였다. 아니라면 [퀵 로드]로 시점을 되감았을 이유가 없다.

"브뤼스만이 크루세이더의 승리 순간을 실시간으로 보고 있었다고밖에 말할 수 없는 타이밍이지. 그 타이밍은……."

내 말에 잭 제이콥스는 고개를 끄덕였다.

"그래, 그 순간 브뤼스만이 패배를 인정했다고 보는 게 자연스럽지. 아무래도……."

거기까지 말하고 그는 생각에 빠져들었다.

줄리아 시저는 아까부터 조용히 있었다. 좀 더 날뛸 거라고 생각했는데 입 다물고 가만히 있으니 오히려 더 신경이 쓰였다.

나는 어떤 발작적인 충동에 휩싸여 그녀의 머리에 손을 가져갔다.

"으악! 가악!"

그러자 줄리아 시저는 놀라운 반응을 보였다. 입을 열어 내 손을 물려고 한 것이다. 손을 재빨리 빼서 물리진 않았지만, 조금 놀란 나는 그녀를 바라보았다.

"어디서 감히! 내 머리에 손을 올릴 수 있는 건 아버님뿐이야."

과연, '지난번'에 내게 정수리를 내준 건 어디까지나 [유혹의 권능]에 당했기 때문인 건가.

"흠, 브뤼스만이 머리를 쓰다듬어 준 적이 있나?"

"……"

내 질문에 줄리아 시저는 입을 다물어 버렸다. 불쌍하게도. 나는 다시금 그녀의 머리 위에 손을 가져가 대려고 했지만 줄리아 시저는 "아옥! 가옥!" 짐승 같은 소릴 내며 그 하얀 건치로 내 손을 노리며 반항했기에 포기했다. 이건 무슨 늑대 소녀도 아니고.

하긴, 다 큰 여성의 머리를 쓰다듬는 건 꽤 무례한 행위지. 나는 미련을 끊었다. 그러자 이번엔 줄리아 시저가 내 손을 빤히 바라보기 시작했다.

뭐지? 왜 저러지?

"이진혁. 지금 장난칠 때가 아니지 않나?"

"아, 괜찮은 생각이 떠올랐어."

사실 좀 전에 떠올랐다. 혹시 잭 제이콥스가 더 좋은 아이디어를 떠올릴까 싶어서 기다리고 있었던 거였다.

"이런 건 어때?"

나는 내가 떠올린 새로운 작전을 설명했다.

"과연……."

잭 제이콥스는 뭔가 납득이 안 되는 것 같은 표정으로 납득하는 것 같은 신음소릴 냈다.

"어때? 실행 가능해 보여?"

"손이 굉장히 많이 가겠지만……. 안 되진 않겠군."

내 물음에 고개를 끄덕이긴 했지만, 그럼에도 잭 제이콥스는 질문 하나를 더했다.

"하지만 병사들 속에 섞여 있을 브뤼스만의 끄나풀은 어떻게 하지?"

"설마 자기 양녀한테도 안 줬던 직통 연락 수단을 일개 병사가 갖고 있을까?"

우리 대화에 갑자기 자신이 언급되자 줄리아 시저는 움찔했다.

지난번엔 당당한 모습만 보여줘서 잘 못 느꼈는데, 이 녀석 의외로 작은 동물 같은 면모가 있군. 사령관 주제에. 나는 그런 그녀의 모습을 곁눈으로만 지켜보곤, 다시 잭 제이콥스 쪽을 바라보며 한마디 보탰다.

"그리고 만약 그런 병사가 있다면 내가 솎아내면 돼."

"무슨 수로? …아, 아아."

내가 [신산귀모]로 솎아내고, 그래도 솎아내지 못한 병사는 [퀵 로드]를 반복하면서 마저 솎아내면 된다는 사실을 잭 제이콥스는 한 타이밍 늦게 이해했다.

"혹시 다른 생각 있어?"

"아니, 없어."

잭 제이콥스는 졌다는 듯 어깨를 슬쩍 들어올려 보였다.

"역시 난 무관이로군. 이런 작전을 짜는 데에는 별로 재능이 없어. 이런 건 야코프가 잘했는데. 놈이 수석을 차지한 건 이론 덕이 크다고."

"그럼 전투력은 네가 야코프보다 더 강한 건가?"

"아무튼 한층 더 바빠지겠군."

내 물음을 자르듯 날카롭게 되돌아온 잭 제이콥스의 말에 나는 곧장 고개를 끄덕여 주었다.

"그래, 맞아. 얼른 가."

"…사령관님은?"

뚱한 표정으로 날 노려보다 꺼낸 말이 그거였다. 아, 웃기네. 왜 웃기지? 난 웃으며 대꾸했다.

"두고 가. [지배의 권능]에서 풀려났다 한들 우리 편이 된 건 아니야."

"흠. 브뤼스만 놈의 양녀니까, 인가."

"그래, 맞아. 자기 성도 안 물려준 양부지만, 아무튼 양부는

양부니까."

우리 이야기에 자기가 언급될 때마다 움찔움찔거리는 게 귀엽다. 물론 줄리아 시저 이야기다.

"그럼 다녀와. 서둘러."

"알았어. …너무 심하게는 하지 마."

잭 제이콥스는 그런 말을 남기고 함교에서 빠져나갔다. 그게 무슨 뜻이지? 내가 줄리아 시저를 고문이라도 할 거 같아 보였나? 나는 괜히 억울해서 줄리아 시저 쪽을 바라보았다. 그녀의 얼굴은 파랗게 질려 있었다.

아니, 어째서?

*   *   *

"나, 나는 고문에 굴하지 않는다!"

잭 제이콥스가 떠나고 함교에 나와 줄리아 시저, 둘만 남게 되자마자 그녀는 결연한 목소리로 이렇게 외쳤다.

하지만 구속구에 묶인 손가락 끝이 파르르 떨리고 있는 게, 앞으로 다가올 역경에 대한 공포를 완전히 숨길 수는 없는 모양이었다.

나는 그런 줄리아 시저의 반응을 보고 픽 웃었다.

"아니, 네게 더 원하는 정보는 없어. 이미 다 얻었거든. 미래에서."

　[유혹의 권능]에 걸렸던 줄리아 시저는 내가 원하는 정보는 모두 답해주었다. 더 이상 그녀를 심문하거나 추궁하거나, 고문 따위를 할 생각은 없었고 그럴 필요도 없었다.

　"그, 그럼 왜 날 살려두는 거지? 나는 인질로서의 가치가 전혀 없다. 아버지는… 브뤼스만 라이언폴드는 내가 쓸모없어지자마자 바로 버릴 거라 공언했으니까."

　"알아."

　내가 즉각 대답하자, 줄리아 시저는 조금 시무룩해지고 말았다.

　"그럼 대체 왜……."

　"말해줄까?"

　망설이던 줄리아 시저는 뭔가 큰 결심이라도 한 듯 결연한 시선을 내게 보내며 고개를 끄덕였다. 그럼으로써 어떤 끔찍한 진실을 마주하게 되더라도 결코 꺾이지 않으리란 결기가 그 두 눈동자에 자리 잡고 있었다. 그렇다면 나도 진실을 말해줘야겠지.

　"내 맘이야."

　내 대답을 들은 줄리아 시저의 반응이란 정말 걸작이었다. 이 멍청한 표정이라니! 나는 한참 동안이나 낄낄거려야 했다.

　"…날 놀렸어!"

줄리아 시저의 얼굴이 분노와 수치로 인해 벌게졌다. 이거 좀 미안하군. 난 웃음을 그치고 손을 내저었다.

"아니, 진심이야. …그래도 한때 동료였는데, 그냥 죽게 놔두긴 좀 그렇잖아."

"동료?"

줄리아 시저는 허라도 찔린 듯 큰 두 눈을 껌벅껌벅거렸다.

"내가 당신이랑 어떻게… 무슨 수를 써서 동료가 될 수 있었던 거지?"

"그건 비밀이야."

[유혹의 권능]과 [기아스]를 쓴 결과였다고 실토할 수는 없었으므로 나는 대충 얼버무리기로 했다.

*   *   *

이 다음에 내가 할 일은 심플했다. 악마 대왕들을 죽이고, 악마의 군세를 흩어내고, 잔당을 사냥했다. 그리고 잭 제이콥스와 통신을 했다. '지난번'에 했던 승리 선언이다. 통신 기록은 실시간으로 브뤼스만에게 전송되고 있으리라.

아니나 다를까, '지난번'과 똑같은 타이밍에 폭발이 일어났다.

"후."

나는 한숨을 내쉬었다.

"다행이군."

안도의 한숨이었다.

아무래도 브뤼스만이 얻을 수 있는 정보에는 한계가 있는 것 같았다. 만약 놈이 지금 이 자리에 무슨 일이 일어나고 있는지 알고 있었다면 절대 함대를 터뜨리지는 않았을 테니까.

"지, 진짜로 터졌어!"

"미친!!"

내 황금 함대의 1번 함, 모함의 함교에 옹기종기 모여 함께 폭발을 보고 있던 크루세이더 군단장들이 거친 욕설을 토해 냈다.

"인면독사!"

"브뤼스만 라이언폴드!"

그래, 저거보다 심한 욕이 어디 있겠나? 다른 어떤 욕을 수식해 봤자 브뤼스만이라는 네 글자보다 심할 수는 없다.

"아… 아아……."

그러니 이들 중에도 욕설은커녕 파랗게 질려 아무 말도 못한 채 눈물을 뚝뚝 흘리는 이가 있었으니. 그것은 바로 줄리아 시저였다. 여기 모인 군단장들을 통솔해야 하는 입장인 그녀는 자신의 책임도 책무도 잊고 울기 바빴다.

그야 그렇다. 사랑하는 양부가 자신을 죽이려 했음이 확실해지는 순간이니.

"이제 네 말을 믿지 못할 놈은 없을 거야."

그런 줄리아 시저의 표정을 지켜보던 잭 제이콥스가 내 어깨에 손을 얹으며 말했다.

"넌 생명의 은인이니까."

"그래."

나는 한숨처럼 대꾸했다.

"구할 수 있어서 다행이군. …이번에는."

내가 구해온 건 군단장들뿐만은 아니었다. 다른 황금 전함에는 크루세이더 병사들이 가득 채워져 있었다.

이번에는 구했다. 이번에는.

내 말이 뜻하는 바를 직감적으로 알아차렸는지, 잭 제이콥스도 침울한 기색이 되었다. 그야 그렇다. 그 또한 야코프 체렌코프의 친구였으니.

이번에는 내가 그의 어깨에 손을 얹을 차례였다.

Chapter 2

크루세이더 전함을 이용한 화려한 불꽃놀이가 완전히 끝나
고 나자, 내 눈앞에는 뜬금없이 이런 메시지가 떴다.

-본래 죽을 운명의 생명을 1,512명 구해내셨습니다.
-카르마 연산 중…….
-이진혁 님께 포지티브 카르마가 부여됩니다: 15,120점.

이게 왜 지금 떠? 누굴 죽인 것도 아닌데……. 본래 죽을 운
명? 구해내? 이런 식으로도 카르마를 벌 수 있는 건가?

아니, 이렇게 쌓이는 게 포지티브 카르마라는 단어에는 더 어울리는 것 같긴 하다.

애초에 사람 죽여서 포지티브 카르마를 쌓는다는 게 이상했지. 그 살인마가 앞으로 더 몇을 죽일지 모르니, 그 죽을 사람들의 몫을 내가 대신 받는다는 개념인 셈일 거다.

뭐, 시스템 하는 일을 내가 다 알 수는 없지만 아무튼 그렇다고 이해해 두자.

그래도 납득이 안 가는 점은 있다. 이래 봬도 내가 사람은 좀 많이 살렸는데 말이지. 드워프라든가 오크라든가, 그랑란트의 인류들을 꽤 많이 살렸음에도 불구하고 시스템상에 이런 메시지가 뜨는 건 처음 본다.

그들은 플레이어가 아니라 그런가?

흠, 아니다. 난 플레이어도 살린 적이 있다. 되살린 거긴 하지만 키르드도 살렸고, 안젤라도 내 보호에 목숨을 구한 적이 있었지? 그러니 플레이어만 우대하는 거라기보다는 아무래도 시점을 되돌려 사람 목숨을 구했다는 게 중요한 것 같았다.

아닌가? 뭐, 몇 번 더 해보면 자연히 알게 되겠지. 그 기회가 찾아올지 어떨지는 모르겠지만 말이다.

그건 그렇고, 이번 케이스로 얻게 된 카르마의 배율이 꽤 높다. 사람을 10명 죽인 네거티브 카르마 플레이어를 처치했을 때 얻는 포지티브 카르마가 1이라는 걸 생각하면 배율이 딱 100배라 할 수 있다.

아마도 시스템 입장에선 역시 이미 죽은 사람들 복수를 하는 것보다는 죽을 운명의 사람을 살리는 쪽이 더 낫다고 판정한 거겠지. 내 억측이지만 그리 틀린 것 같지는 않았다.

아무튼 카르마를 위해서라도 앞으론 사람들을 살리는 데에 좀 적극적이 되어봐야겠다. 물론 손익계산서를 봐가면서 끼어들 땐 끼어들고 아닐 땐 말아야겠지만 말이다. 좀 속물적이지만, 내가 속물인 게 하루 이틀 일은 아니지!

이번 원정으로 얻은 건 카르마뿐만이 아니다. 꽤 많다. 악마 대왕을 비롯한 악마들을 죽이면서 막대한 양의 신성과 경험치도 얻었고, 크루세이더 군단장들로부터 권능 스킬 일곱을 포함한 숫자로 세기도 귀찮은 양의 스킬도 얻었으니 말이다.

하지만 이것들보다 더 중요한 건 날 지지해 줄 교단 내 세력을 얻었다는 거다. 내가 살린 크루세이더들 말이다. 이것만으로도 임무 성과는 초과 달성이다.

[세계혁명가 전직 퀘스트 3]

─종류: 혁명

─난이도: 불가능

─임무 내용: 점령당한 세계를 해방, 혹은 혁명.

─보상: [세계혁명가]로의 전직

아, 그렇지. 악마 대왕들을 여럿 죽여 [전직 퀘스트 2]를 깨
둔 것도 또 하나의 소득이다. 이제 다음 퀘스트만 깨면 전직
이 가능해지겠군. 이것도 나름 기대가 된다. 문제는 다음 퀘
스트의 내용인데…….

세계의 해방, 혹은 혁명이라고? 이게 무슨 뜻이지? 나더러
뭘 어떻게 하라는 거야?

"…나중에 생각하자."

뭐, 때가 되면 알게 되겠지. 직감이 알려줄지도 모르고 운
좋게 힌트를 찾아낼 수도 있고. 그리고 난 직감과 행운 모두
높다. 근거는 없지만 믿는 구석은 있는 셈이다. 어떻게든 될
거다.

이런 건 나중에 생각하고, 지금 당장은 더 시급한 사안이
산적해 있다. 그리고 그중에서 가장 우선순위가 높은 건 당연
히 다음 행보다.

그러므로 나는 군단장들을 소집해 회의를 열었다. 그들이
지닌 정보와 의견을 취합하면 뭐가 나와도 나오긴 할 테니까.

일단 회의에는 총사령관인 줄리아 시저도 참관시켰지만, 그
녀는 발언권이 없는 거나 마찬가지였다. 브뤼스만에 대한 여
론이 극히 나빠진 현재, 놈의 양녀란 게 밝혀진 줄리아 시저에
게 발언권이 생기는 게 더 이상하다. 그렇다 보니 그녀가 할

수 있는 건 단어 그대로 참관뿐이다.

"회의를 시작하기에 앞서, 저희에게 위기를 미리 알려주시고 대피 장소를 알려주신 이진혁 님께 이 자리를 빌어서 감사 인사를 드리겠습니다."

줄리아 시저의 발언권이 사라지자 자연스럽게 회의의 주도권을 쥐게 된 건 잭 제이콥스였다. 그가 회의를 시작하자마자 이런 소릴 하며 내게 가볍게 고개를 숙여 보였다. 그리고 그의 발언을 들은 다른 군단장들은 갑자기 손뼉을 치기 시작했다.

"감사합니다!"

"살려주셔서 고맙습니다!!"

몇 명은 큰 목소리로 그렇게 외치기도 했다. 아니, 아니. 내가 원한 건 이런 게 아닌데.

환호성까지 나오기 시작한 분위기에 물을 끼얹을 수 없어, 나는 자리에서 일어나 환호에 화답했다. 내가 다시 자리에 앉고서야 분위기는 좀 진정되었다.

"그러면 이제, 본회의에 들어가겠습니다."

잭 제이콥스의 선언으로 비로소 회의가 시작되었다.

*　　　　　*　　　　　*

우리들 연합군, 나하고 크루세이더들의 연합인지라 거창한 단어는 쓰고 싶지 않지만 달리 적절한 단어가 없었다. 연합군에게는 몇 가지 선택지가 있었다.

이대로 교단으로 가 브뤼스만 세력을 축출하느냐, 아니면 만마전으로 진군해 크루세이더들이 받은 임무를 완전히 완수하느냐, 그것도 아니면 아예 신 가나안인 그랑란트로 후퇴해 세력을 가다듬느냐.

모든 선택지에 장단점이 있었고, 절충안은 없었다. 함대를 나눌 수 없으니까.

15척의 황금 전함 중 12척은 [축복받은 천자총통]의 옵션인 [금신전선 상유십이]로 만들어졌다. 이렇게 만들어진 전함은 본체와 너무 멀어지면 소멸할 위험이 있었다.

이 우주에서 전함도 없이 맨몸으로 내팽개쳐진다는 건 죽음을 의미한다. 아무리 강인한 플레이어라 한들 그 사실은 변하지 않을 정도로 우주란 가혹한 환경이다.

더욱이 세 번째 선택지를 제외한 다른 두 선택지는 전력으로 임하지 않으면 성공 확률이 쭉 떨어지는 부류였다.

아, 만마전 쪽은 좀 만만할지도 모르지만 그렇다고 크루세이더들까지 데리고 가기엔 내가 싫다. 어지간하면 만마전은 나 혼자 먹고 싶다. 악마 대왕들도 소멸시킨 지금, 만마전은 딱 먹기 좋은 사냥터다. 그게 내 솔직한 심정이었지만 입 밖에 꺼내지는 않았다.

결국 셋 중 하나만 선택해야 한다는 건 변하지 않는다. 그러니 우리는 최선의 선택을 하기 위해 회의를 통해 모든 선택지를 점검해야 했다.

"브뤼스만이 거느린 세력은 교단 전역에 영향력을 행사하고 있습니다. 그중에서도 가장 영향력이 강한 분야는 정보통신 분야라 할 수 있을 겁니다. 이를 통한 놈들의 선동 능력은 타의 추종을 불허할 정도입니다."

안경을 쓴, 머리가 좋아 보이는 군단장이 발언권을 얻어 그렇게 발언했다.

"시간을 지체할수록 놈들에게 유리하고 우리에게 불리한 정보가 대중에게 유포될 겁니다."

교단이 공화제를 택한 이상, 여론전이 엄청난 영향력을 가지리란 건 자명했다. 애초에 우리가 처음에 시도한 것도 여론 전이었고 말이다.

"…놈들이 여론을 완전히 장악하기 전에 수를 써야 합니다."

그가 발언을 마치자 다른 연륜이 깊어 보이는 군단장이 손을 들어 발언권을 요청했다.

잭 제이콥스가 다소 민망한 기색으로 그의 발언을 허락했다. 아무래도 잭 제이콥스가 저 사람보다 기수가 낮은 거겠지? 뭐, 지금 중요한 건 그게 아니었지만 말이다. 나는 나이 먹은 군단장의 발언에 집중했다.

"우리는 교단 세력의 일부일 뿐이네. 7군단장. 지금의 세력으로 교단에 쳐들어가 봐야 계란으로 바위치기야. 우리에게도 세력을 수습하고 정보전을 걸 자료 수집을 위한 시간 여유가 필요하네."

겉보기도 보수적이었는데, 생각도 보수적인 모양이다. 하지만 나쁜 의견은 아니다.

"브뤼스만 세력도 교단의 일부일 뿐입니다, 3군단장님. 놈들은 아직 저희의 생존을 모릅니다. 파악당하기 전에 칠 수 있는 기회를 놓치면 안 됩니다."

아까의 안경 쓴 군단장, 7군단장이 다시 발언권을 얻어 늙은 군단장, 3군단장의 의견에 반박했다.

"자네는 [지배의 권능]에 당하지 않은 깨끗한 몸이지. 그러니 모르는 걸세. 놈의 진정한 힘을……!"

두 군단장의 언쟁이 과열될 기미가 보였기에, 잭 제이콥스는 손을 들어 두 사람 모두의 발언을 멈추게 했다. 그리고 이렇게 말했다.

"저도 [지배의 권능]에 당한 적이 없어 잘 모르겠습니다만, 일단 그 정보를 자세하게 말씀해 주시는 게 좋을 것 같습니다. 3군단장님."

"으음……. 알았네."

잭 제이콥스의 요청을 받아 3군단장이 말한 브뤼스만의 세력에 대한 정보는 내가 일전에 카자크를 통해 들은 내용이나 '지난번'에 줄리아 시저에게서 들은 것과 크게 다르지 않았다.

위치와 시점에 따라 얻을 수 있는 정보가 다르니, 교차검증의 의의도 있어 시간 낭비란 느낌은 별로 들지 않았다. 오히려 기존 정보에 확신을 얻을 수 있어 유익한 시간이었다.

더욱이 3군단장은 혼자만의 의견을 주관적으로 말하는 게 아니라, 필요할 때마다 다른 군단장들의 의견을 받아 정보를 더욱 단단히 보강해 주었다.

"…그러니 고작 크루세이더 여섯 군단으로 바로 교단으로 쳐들어가는 건 상당히 무모한 행동일 수 있음을 알려드리고자 합니다."

3군단장은 모든 브리핑을 높임말로 했다.

각 군단장들의 서열이 어떻게 되는지는 모르지만, 그가 군단장들 사이에서 서열이 낮아 이러는 게 아니라 나를 의식하고 존중해서 기본적인 예의를 지켜주고 있다는 느낌을 받았다.

"그럼 군단장께선 어느 정도의 전력이 필요하다고 보십니까?"

잭 제이콥스에게서 발언권을 얻은 나는 3군단장에게 이렇게 질문했다. 당연히 높임말로. 저쪽이 예의를 지키니 나도 예의를 지켜야지.

"최소한 지금의 두 배는 필요합니다. 아, 크루세이더 12개 군단이라는 의미입니다."

3군단장의 대답에 회의실은 무거운 침묵에 휩싸였다. 아무도 그의 발언에 반론하지 않는 것으로 보아, 다른 군단장들도 그의 계산이 그리 틀리다고 생각하지는 않은 것 같다.

"세력을 수습한다고 해서 쉽게 마련할 수 있는 전력은 아닐 것 같군요."

내 말에 3군단장도 입을 잠깐 벌렸다가 다시 다물어 버렸다. 약간 기대했는데 역시 방법이 없었나. 그렇다면 다른 방법을 찾아야겠지.

나는 시선을 돌려 7군단장을 바라보았는데, 7군단장은 망설이다가 고개를 숙여 버렸다. 나야 이미 알고 있어서 별 감흥이 없었지만, 그로서는 3군단장의 증언이 충격적이었던 모양이었다. 더 이상 지금 즉시 교단으로 향해야 한다는 주장을 하지 않는 걸 보니 말이다.

나라고 뾰족한 수가 있는 건 아니다. 이것저것 얻어서 그럭저럭 강해지긴 했어도, 지금의 내 전투력은 악마를 상대로 할 때만 특별히 강해지는 면모가 있었다. 교단의 천사들을 상대할 때는 레벨대로의 전투력밖에 발휘하지 못할 것이다.

"아."

거기까지 생각한 난 곧 깜박했던 걸 하나 떠올렸다. 그리고 난 잭 제이콥스에게 작은 목소리로 이렇게 요청했다.

"시간, 조금만 줄 수 있을까?"

어차피 어수선한 분위기가 되어버린 터다. 잭 제이콥스는 곧장 고개를 끄덕이곤 정식으로 선언했다.

"잠시 쉬어가겠습니다."

＊　　　　＊　　　　＊

내가 아무 생각 없이 회의를 중지시키면서까지 자릴 뜬 게 아니다.

내가 깜박한 것이란 바로 스킬이었다.

'지난번'에 7개의 권능 스킬을 얻은 후, [퀵 로드]로 시점을 되돌리고 나서 스킬들이 잘 있는지 보려고 스킬창을 열었을 때 보였던 시스템 메시지.

─스킬 합성이 가능합니다. 실행하시겠습니까?
─스킬 융합이 가능합니다. 실행하시겠습니까?

당시엔 바빠서 그냥 넘어갔었고, 그 후로도 깜박하고 잊어버린 채였다. 하지만 무려 권능 스킬의 합성과 융합이다. 내 전투력의 상승에 직접적으로 기여할 게 확실하다시피 한!

더욱이 [신산귀모]로 군단장들의 잡다한 스킬들을 가져오기도 했으니, 이것들을 갈아서 합성이나 융합에 드는 스킬 포인트를 마련할 수 있을 것이다.

자, 그럼 시작해 보자.

"이걸로 크루세이더 군단 6개분의 전력을 만들어야 된다, 이거지?"

솔직히 말해 별로 현실성 있어 보이는 소리는 아니다. 내가 지금의 두 배로 강해지는 데만도 시간이 얼마나 걸릴지 예상조차 못할 정도니까.

1레벨에서 2레벨 가는 거야 간단할지 몰라도, 나는 지금 히든 전직 50레벨에 2차 전직을 위해 전직 퀘스트를 뛰는 몸이다. 레벨만 올린다고 되는 것도 아니고, 어차피 지금은 레벨을 올리지도 못한다.

그럼에도 불구하고 짚이는 구석이 하나 있었다.

[분신의 권능]

―등급: 권능(Power)

―숙련도: 연습 랭크

―설명: 분신 하나를 생성한다.

바로 이 권능 스킬이었다.

하위 등급에도 존재하는 분신 스킬이지만, 이 스킬이 괜히 권능급인 게 아니다. 생성된 분신에는 아이템까지 복제해 장비하는 능력이 붙어 있었다.

비록 분신의 몸에서 떨어지면 해당 아이템은 소멸한다지만, 플레이어에게 있어 장착 아이템이 가지는 의의를 생각하자면 과연 권능급!

더욱이 이 옵션은 연습 랭크에도 제공되니, S랭크까지 올리고 나면 추가적인 전력 상승을 기대할 수 있다는 점도 크다.

그래도 이것만으로는 부족하다. 이 권능 스킬 하나만으론 두 배의 전력을 투사하는 데 그친다. 랭크를 올리면 더 늘어날지도 모르지만, 만약의 경우나 가능성 따위를 염두에 두고 작전회의에서 입을 털어선 안 된다.

하지만 내게는 이 스킬도 있다.

[제2의 분신]+6
—등급: 전설적 고유(Legendry Unique)
—숙련도: S+랭크

[삼위일신] 스킬을 분할해 얻은 스킬 중 하나다. 이것뿐만이 아니다. [제1의 분신]은 [삼중기습]을 합성해 내는데 써버렸지

만, [제3의 분신]은 잘 남아 있다.

"이걸 합성하면 랭크도 올릴 수 있고 강화치도 올릴 수 있지."

이로써 가능성은 확신으로 바꿀 수 있다. 깐깐한 3군단장에게 확언을 지를 근거가 생긴다는 소리다. 물론 그 결과가 그냥 3군단장의 의견에 따르는 걸로 이어질 수도 있지만 말이다.

그런데 여기서 나는 한 가지 고민을 더 해야 한다.

그것은 바로 합성을 하느냐, 융합을 하느냐. 이것이 문제로다!

합성을 하면 [분신의 권능]의 강화치와 숙련도 랭크는 끌어올릴 수 있지만 [제2의 분신]은 사라질 것이다. 게다가 과연 [분신의 권능]을 S랭크 찍고 강화치 좀 올린다고 내 전력을 즉각 6배나 끌어올릴 수 있을까? 직감은 조용했지만, 내생각엔 별로 그럴 것 같지는 않았다.

융합을 하면 결과값은 좀 더 좋아질 가능성이 있지만, 더많은 양의 스킬 포인트를 투입해야 하고 스킬 하나를 더 갈아넣어야 한다. 더군다나 융합한다 하더라도 같은 권능급의 스킬을 같이 갈아 넣지 않으면 별로 의미가 없을 것 같았다.

문제는 융합 대상에 다른 권능은 포함되어 있지 않다는 점이었다.

뭐야, 답이 없잖아?

"아, 씁."

끙끙거리며 고민하던 나는 다시 스킬창을 열었다.

"…다른 것도 좀 볼까."

[기습의 권능]
─등급: 권능(Power)
─숙련도: 연습 랭크
─설명: 적을 기습한다.

심플한 설명의 권능이다. 이미 한 번 시험 삼아 써봐서 알지만, 이 권능에는 사용 즉시 기습의 조건을 만족시켜 주는 추가 기능이 딸려 있다. 이미 나를 인지한 적이라도 일시적으로 나를 인식하지 못하게 만드는 기능이 바로 그것이었다.

비록 연습 랭크라 인식 장해 기능의 유지 시간은 정말로 일시적, 순간에 불과했지만 성장시키면 더 오래 지속될 거고, 그만큼 더 치명적인 위력의 스킬이 되리라.

그리고 이 스킬은 다음 스킬과 합성이 가능하다.

[삼중기습]+6
─등급: 전설적 고유(Legendry Unique)

—숙련도: S+

같은 기습계라 합성이 가능해지는 거겠지. 그러고 보니 [삼
중기습]은 [제2의 분신], [제3의 분신]과도 융합이 가능하다. [삼
중기습]의 재료로 [제1의 분신]이 섞여 들어갔기 때문일 터였
다.

"아니, 잠깐. 그렇다면?"

내 머릿속에서 뭔가가 번뜩였다.

*　　　　　*　　　　　*

결과.

"3군단장님. 크루세이더 12개 군단에 해당하는 전력만 있으
면 되는 거 확실합니까?"

혼자만의 시간에서 벗어나 회의실로 들어오자마자, 나는 3군
단장에게 그렇게 물었다.

"그보다 많아서 나쁠 건 없습니다만, 최저 필요조건은 만족
한다고 말씀드릴 수 있습니다."

"그럼 최저 필요조건은 만족했습니다. 조금 넘치게요."

나는 3군단장에게 자신만만하게 말했다. 자신만만한 이유
가 있었다. 이번에 내가 새롭게 얻은 스킬은 틀림없이 그 정도

의 힘을 발휘할 수 있다. 어쩌면 그 이상으로, 훨씬 초월적으로.

그러니 더 망설일 게 없었다.

"이제부터는 우리 전력이 크루세이더 12개 군단에 해당한다고 가정하고 회의를 진행해 주시기 바랍니다."

"하지만 어떻게 해서?! 이 짧은 시간에 무슨 수로 그런 힘을 손에 넣었단 말입니까?"

3군단장의 의문은 타당했다. 일반적으로는 불가능하다. 불과 몇 분 사이에 크루세이더 여섯 군단에 해당하는 전투력을 손에 넣었다고? 나라도 의문시했을 것이다.

그러니 직접 보여줘야 했다. 내가 새로이 손에 넣은 힘을.

[기습하는 또 하나의 나(Another One Bites the Dust)]
―등급: 초월적 권능(Super Power)
―숙련도: 초월 랭크
―설명: 스킬 사용 즉시 [기습 준비 태세] 상태에 돌입함과 동시에 원하는 위치로 [공간 도약]할 수 있다. 더불어 [기습 준비 태세] 상태에 놓인 [또 하나의 나]를 원하는 위치에 소환한다. 이 방법으로 최대 5개체까지 [또 하나의 나]를 소환할 수 있다.

내가 최초로 손에 넣은 초월적 권능급 스킬이다. 무려 권능급 스킬 세 개를 융합하는 것에 성공한 결과물이다. 물론 전혀 다른 성질의 권능급 스킬을 융합하는 건 보통 일이 아니었는데, 누구에게든 한 번쯤은 자랑하고 싶은 번뜩이는 아이디어 덕에 이게 가능해졌다.

그건 바로 [삼위일신]의 옵션이었던, 분할을 사용해서 얻어낸 세 스킬 덕이었다. 융합 재료로 [제1의 분신]이 쓰인 [삼중기습]과 [기습의 권능]을 합성, [제2의 분신]과 [분신의 권능]을 합성, 그리고 [제3의 분신]으로 [도약의 권능]을 합성했다.

[도약의 권능]과 [제3의 분신]이 묶인 이유는 잘 모르겠지만 아마 [제3의 분신]이 지닌 3초짜리 시간 도약 기능이 [도약의 권능]과 묶였기 때문일 거다. 추측해 보자면 그렇다는 소리다. 진실은 모른다. 사실 큰 관심도 없고.

아무튼 이렇게 합성된 세 권능은 모두 합성되어 강화치와 숙련도가 상향되었을 뿐인 세 스킬이 되었지만, 모두 [삼위일신]의 옵션을 그 구성 요소로 지닌 스킬들이 되었다. 그렇게 해서 비로소 세 권능이 하나의 카테고리로 묶이게 되었고, 스킬 융합이 활성화된 거다.

권능 스킬의 융합에는 10,000 가까운 스킬 포인트가 들었기 때문에 그 융합 비용을 마련하기 위해 전설급 미만의 스킬들을 거의 대부분 갈고 전설급 스킬 상당수와 활용도가 떨어져 보이는 신화급 스킬들마저 몇몇 분해해야 하는 참사를 겪었다.

하지만 이 새로운 초월급 권능 스킬은 그 막대한 비용을 상쇄하고도 남을 퍼포먼스를 보여주었다.

[기습 준비 태세]는 비교적 평범하다. [투명화]와 [기적 차단], [순간 가속]이 한꺼번에 걸리고 다음 기습 공격에 추가 피해가 붙는 태세를 일정 시간 유지할 수 있는 건데, 중요한 건이 모든 옵션이 초월 권능급으로 제공된다는 거다.

이 말인즉슨, 설령 [기습 차단의 권능] 같은 게 있더라도 무시하고 기습하는 게 가능하다는 뜻이다! 내 적에게 같은 초월 권능급의 차단 스킬이 없다면 일단 첫 공격은 맞고 시작해야 한다.

그리고 [공간 도약]은 평범한 텔레포트다. 준비 시간이 제로에 수렴한다는 것만 제한다면 말이다. 텔레포트니 모든 방해물이나 공격을 무시하고 통과하는 속성은 당연히 붙었다. 뭐, 이것도 차단당할 수 있지만 초월 권능급 미만의 차단 스킬은 무시할 것이다.

분신은 그냥 분신일 뿐이고 주도권을 지닌 '내'가 하나뿐이지만, [또 하나의 나]는 모든 개체가 나 자신이다. 하나의 영혼으로 여섯 개의 몸을 움직이는 기분이라고 하면 좀 설명이 되려나. 이 설명은 아주 약간만 틀리지만, 그 사소한 틀린 점을 말로 설명하기란 불가능에 가까웠다.

여섯 몸을 동시에 다루는 건 결코 쉬운 일일 수 없었으나, 스킬의 힘은 위대해서 오래 헤매지 않고 곧 적응할 수 있게 되었다.

열둘의 눈으로 모두 각기 다른 곳을 보면서 60개의 손가락을 전부 다른 타이밍에 원하는 대로 움직인다는 건 스킬이 없었더라면 불가능했을 일이었으리라. 이거 인간의 뇌로 처리가 가능한 정보량인가? 그런 생각이 들 정도였으니.

신기한 경험이었던 것도 처음뿐이고, 충분히 시운전을 해본 후 나는 확신을 얻을 수 있게 되었다. 혼자서 이 스킬을 얻기 전의 여섯 배 화력을 뿜어낼 수 있다는 확신을 말이다.

3군단장에게 여섯 군단이 더 있으면 되겠냐고 물어본 이유가 이거다.

나는 내가 혼자서 크루세이더 한 군단에 해당하는 전력을 지니고 있음을 잘 알고 있었고, 그런 내가 여섯 명 있으면 여섯 군단의 전력을 메울 수 있으리라고 판단했다.

"어떻습니까?"

스킬을 시연해 보이자, 3군단장은 놀라서 입을 뻐끔거렸다. 그러더니 곧 이렇게 외쳤다.

"가, 가능!"

뭔가 대꾸가 이상하긴 하지만 내 말을 인정한다는 의미로 받아들여도 되겠지?

"어, 어……. 그렇다면 지금 당장이라도 교단으로 회군하는 게 좋다고 생각합니다."

약간은 얼떨떨한 표정으로, 7군단장이 의견을 냈다.

"지금이라면 아직 시간에 맞춰 갈 수 있습니다."

시간? 내가 시선으로 무슨 시간이냐고 묻자, 7군단장은 눈을 빛내며 대답했다.

"추모식입니다."

"추모식… 말입니까?"

단어가 좀 불길한데. 나는 7군단장의 설명을 눈빛으로 종용했다.

"네. 아마도 교단에서는 전멸당한 크루세이더들……. 우리의 원혼을 달래기 위한 추모식을 계획하고 있을 겁니다."

회의에 참석한 크루세이더 군단장들의 입가에 쓴웃음이 감돌았다. 그야 그렇다. 실제론 아무도 죽지 않았으니까. 그러나 교단에선 이들이 악마들에 의해 전멸당했다고 선전할 거고, 그 복수를 하자고 선동할 터였다.

그 점에 대해서 7군단장은 따로 설명하지 않았다. 다들 인지하고 있을 테니 당연하다.

"누군가는 책임을 져야 할 정도인 대패이니만큼, 여론을 진정시키기 위해서라도 진행할 수밖에 없는 행사니까요. 때를 노려 기습하고 주파수 하이재킹을 성공시킨다면 여론은 일거에 뒤집는 것도 불가능하지 않을 겁니다."

추모식은 대대적인 선전 활동이 될 거고, 당연히 교단 곳곳에 방송될 거다. 그 주파수를 하이재킹하고 진실을 알린다면 그 파장은 어마어마하겠지.

하지만 7군단장은 '불가능하지 않다'라고 말했다. 그건 가능하다는 소리이기도 했지만, 가능성이 낮다는 의미이기도 하겠지.

그럼에도 불구하고, 나는 거기 걸어보기로 했다.

왜? 낮은 가능성은 반복을 통해 올리면 되니까!

"혹시 반대 의견 있으십니까?"

내가 잭 제이콥스에게 눈짓을 하자, 잭 제이콥스가 눈치도 빠르게 그렇게 말했다. 아무도 손을 들지 않았다. 3군단장도 가능! 이라 외친 터다.

"반대 의견이 없으시다면 일단 출발하는 걸로 하겠습니다. 시간이 없어 보이는군요."

잭 제이콥스는 그렇게 회의를 종료시켰다. 작전의 세부 내용은 아직 조정해야 하지만, 그런 건 움직이면서 해도 충분했다.

목적지는 교단! 교단을 향해!!

＊　　　　＊　　　　＊

오퍼레이션 루비콘.

이제부터 진행할 작전의 이름을 그렇게 붙였다. 고대 로마의 장군이자 첫 독재관인 율리우스 카이사르가 군대를 해산하지 않고 루비콘 강을 건너 로마의 정권을 손에 넣었던 걸 따서 붙인 작전명이었다.

그렇다고 우리가 쿠데타를 일으키려는 건 아니고, 그저 교단의 중추를 장악하고 있는 브뤼스만 세력을 축출하는 게 목적이었지만 말이다.

여담으로 사실 나는 작전명을 위화도 회군이라고 짓고 싶었지만, 굳이 이 의견을 입 밖에 내지는 않았다.

좌우지간 작전의 실행은 신속해야 했다.

[지배의 권능]에 걸리지 않은 상태라 하더라도 브뤼스만의 편을 들 수 있음을 이젠 안다. 줄리아 시저가 그랬듯 말이다. 크루세이더 병사들 중 브뤼스만의 정보원을 자처할 이가 하나도 없다고 누가 자신할 수 있겠는가?

작전의 내용은 극비에 붙였지만, 회의에 참석한 군단장들을 전적으로 믿는 것도 별로 좋은 판단이라고는 할 수 없었다. 돈과 권력의 유혹은 때론 스킬의 효과보다도 강력하니까.

정보가 새어나갈 가능성은 제로가 아니었다. 아니, 오히려 정보는 100% 샌다고 가정해야 했다. 중요한 건 설령 정보가 새더라도 브뤼스만 세력이 제대로 대처할 수 없도록 속도를 높여 몰아치는 것이었다.

그러니 황금 함대의 행로는 교단으로의 직행이 될 수밖에 없었다.

그럼에도 불구하고 거리 문제로 일주일 이상의 시간이 걸리는 건 어쩔 수 없는 일이었지만 말이다.

그리고 그 일주일 조금 넘는 시간을 나는 매우 유용하게 썼다.

굳이 [지배의 권능]이 아니더라도, 여타 저주나 추적 스킬에 당했을 수도 있다는 핑계로 크루세이더들에게 [신산귀모]를 쓴 게 내가 시간을 보내는 방법이었다.

[신산귀모]는 대상의 스킬 셋을 보여주고 확률적으로 대상의 스킬들 중 일부를 뜯어오는 부가 효과를 지닌 스킬이니 말이다. 물론 버프나 디버프를 제거하는 데도 쓸 수 있지만, 그보다는 [신산귀모]를 통한 스킬 뜯어내기가 주목적이었던 건 이제 와서 굳이 언급할 필요도 없으리라.

실제로 몇몇 일선 크루세이더에게 걸려 있던 악마의 저주를 해제하거나 사소한 독, 질병 같은 디버프를 제거하는 성과를 거두기도 했다. 그 성과보다는 뜯어온 스킬이 더 많았지만 말이다.

내가 안면몰수하고 이런 짓을 한 것엔 이유가 있었다.

권능 스킬끼리의 융합에는 스킬 포인트가 장난 아니게 들어갔다. 어지간한 스킬들은 다 갈아버렸음에도 불구하고 내가 소유하고 있던 스킬 포인트는 거의 바닥을 드러내고 있었다. 다시 스킬 포인트를 수급할 필요가 있었다.

비겁한 변명이지!

"감사합니다, 이진혁 님."

"정말 감사드립니다."

내가 일방적으로, 그리고 그들 몰래 이득을 편취하고 있음에도 불구하고 내게 [신산귀모]를 받은 크루세이더들은 보통 감사 인사를 건네는 편이었다.

악마들과의 전투에서 인지하지 못한 저주에 걸렸을지도 모른다는 공포는 그만큼 컸다. 물론 저주 검사와 제거는 크루세이더 내부에서도 해결할 수 있었으나, 정밀검사에는 최소한 2주 정도의 시간이 걸린다고 한다. 그걸 내가 절약해 준 셈이다.

뭐, 윈윈인 셈 치자. 그게 내 죄책감도 덜하니 말이다.

그리고 크루세이더들이 내게 감사 인사를 보낸 건 단순히 내 사리사욕이 담뿍 담긴 봉사활동 때문만은 아니었다. 일반 병사들은 내가 그들의 목숨을 건져주었음에 고마워하고 있었다.

병사들 또한 자신들이 타고 온 전함이 갑작스레 폭발해 버린 건 알고 있었고, 그것이 교단 내부의 문제로 말미암은 것 또한 제대로 인지하고 있었다.

본래 교단의 적으로 지정되어 있던 나와 손을 잡는다는 전격적인 결정을 병사선에게까지 납득시키려면 어느 정도의 정보 공개는 불가피했고, 그래서 군단장들도 이번 결정을 어떻게 내리게 된 건지에 대해 적극적으로 홍보했다.

하기야 그렇다. 이제부터 이 크루세이더들을 데리고 할 짓은 잘 포장해 봐야 혁명, 잘못하면 쿠데타로도 받아들여질 수 있는 일이었으니. 실패한 혁명은 항상 내부에서부터 무너져 내리기 마련이라, 내부 결속을 다지려는 시도는 필수적이라 할 만했다.

보통 군대에서 이런 하향식 선전은 그다지 잘 먹히지 않는다는 걸 경험으로 알고 있었지만, 내 생각과 달리 의외로 크루세이더 병사들은 상부의 결정을 신뢰하고 있었다.

물론 외부자인 내게 그런 갈등을 보여줄 수 있을 리 없다는 것도 작용했겠지만, 자신의 목숨이 날아갈 뻔했다는 경험이야말로 그들을 진정으로 설득시킨 요인이었으리라.

하지만 그중에서도 예외는 있었다. 그 예란 바로 이 사람이었다.

＊　　　　　＊　　　　　＊

"줄리아 시저. 아직도 생각을 바꿀 생각이 없나?"

내 질문에 줄리아 시저는 방긋 웃으며 대답했다.

"아니, 생각 바꿨으니까 이거 좀 풀어주면 안 될까?"

줄리아 시저는 여전히 스킬 사용을 막는 구속구에 구속된 채였다. 대답을 들은 나는 시선을 잭 제이콥스에게 돌렸다. 그러자 그가 한숨처럼 말했다.

"거짓말입니다."

잭 제이콥스가 지닌 [거짓 간파의 권능]은 여전히 유용했다. 물론 내게도 [거짓 간파의 권능]이 있었으나, 그게 있다고 밝혀서 좋을 게 없었기에 권능 사용은 그냥 잭 제이콥스에게 일임했다.

사실 나도 꼬박꼬박 쓰면서 수련치를 올려주고 있었지만 말이다. 수련치를 올려봐야 랭크 업을 할 만한 스킬 포인트는 없었지만, 크루세이더들 상대로 얻은 스킬들을 갈면 어떻게든 되지 않을까 싶다.

아, 잭 제이콥스는 내게 존대를 해주고 있다. 선임인 3군단장이 나한테 높임말을 쓰는데, 자신이 반말을 쓰는 건 옆에서 보기에 좋지 않다나. 조금 섭섭했지만 맞는 말인지라 고개를 끄덕였었다.

"그런가."

대신 약간의 반감을 담아 난 잭 제이코스에게 반말을 하고 있었다. 꼬우면 지도 다시 반말하겠지.

아무튼.

브뤼스만이 자신을 죽이려고 했다는 걸 충분히 인지했음에도 불구하고 줄리아는 아직도 생각을 바꾸지 않았다.

"혁명을 앞두고 등 뒤에 적을 남겨두는 건 좋지 않습니다. 죽이는 게 낫지 않을까요?"

움찔.

잭 제이콥스의 발언에 줄리아 시저가 표정을 굳혔다. 어휴, 저렇게 마음이 약하면 그냥 얌전히 회유당하지. 왜 저렇게 버티는 건지. 그냥 [유혹의 권능]을 거는 게 나았을려나. 그런 생각이 들 정도로 줄리아 시저는 완강했다.

죽일 거면 진작 죽였지. 아니, 진작 [유혹의 권능]을 걸었겠지. 나는 한숨을 내쉬었다. 이걸 어쩐다.

"죽이는 건 좋지 않아. 아무튼 전임 사령관인데."

"그렇게 따지면 계속 구속해 두고 있는 것도 좋지 않습니다. 살려둬도 죽여도 똑같다면……."

잭 제이콥스의 눈동자가 이글거리고 있었다. 나는 다시 한 번 한숨을 내쉰 후, 그에게 말했다.

"줄리아 시저는 브뤼스만의 양녀일 뿐이야. 독사의 피가 몸 안에 돌고 있는 건 아니라고. 이 여자를 죽인다고 야코프의 복수를 한 게 되지는 않아."

"…저도 알고 있습니다. 저 혈관에 독사의 피는 돌고 있지 않겠지요. 하지만……."

"게다가 브뤼스만은 줄리아의 시체를 갖다 줘도 조금도 분하다거나 슬퍼하지 않을걸. 브뤼스만 머릿속에서 저 여자는 이미 죽었을 테니까."

내 발언에도 줄리아 시저는 움찔 굳었다. 나는 등을 돌려 줄리아로부터 보이지 않는 각도에서 웃으며 말했다.

"오히려 저 여자가 살아 있는 모습을 보여주는 게 브뤼스만 입장에선 더 미치고 팔짝 뛸 일이겠지. 그렇게 생각하지 않아?"

"그건… 그렇겠군요."

물론 이건 설득력이 있는 발언이 아니다. 그럼에도 잭 제이콥스는 더 이상 내게 반론하려 들지 않았다. 줄리아 시저를 위해서가 아니라 나를 배려해서다. 죽이지 않으려는 데 다른 이유가 있으리라고 지레짐작하는 눈치였다.

"그런 거 아냐."

그래서 나는 말했다.

"네?"

잭 제이콥스는 못 알아들은 듯 고개를 갸웃거렸다. 커다란 아저씨가 그런 행동 안 해줬으면 좋겠는데. 게다가 동작이 좀 큰 게, 과장해서 그런 태도를 취한다는 느낌이 팍팍 와 닿았다.

"그런 거 아니라고."

"제가 뭐라고 말했습니까?"

"아니, 아무것도 아니야."

여기까지 하기로 했다. 뭐, 아무럼 어떤가. 잭 제이콥스가 내게 무슨 착각을 하든 말든 내가 곤란할 일은 없다. 그러라고 하지.

"그럼 전 이만. 식량 배급 상태를 점검해야 해서."

어차피 크루세이더들의 밥은 내가 준다. 일일이 식량을 나눠주는 것보다는 단독 스킬 상태로 분할해 놓은 [오병이어]로 밥을 나눠주는 게 훨씬 싸게 먹히기 때문이다.

뭐, [신산귀모]로 스킬을 뜯어간 값을 치른다고 생각하면 오히려 일방적인 내 이득이다. 내 사정상 밥을 좀 많이 먹을 필요가 있기도 하고.

[기습하는 또 하나의 나]는 초월 권능급 스킬이긴 해도 어쨌든 카테고리상 권능급 스킬이다. 여느 권능 스킬이 그렇듯 이 스킬에도 사용에 조건이 붙었다. 그리고 그 조건은 한 번의 사용에 사람 하나를 만들 수 있을 정도의 영양분과 열량

을 섭취하는 거였다.

오퍼레이션 루비콘을 실행하는 데에는 5개체의 [또 하나의
나가 필요하니 5인분 어치는 먹어놔야 했다. 그러니 끼니마
다 1인분씩 대여섯 번 밥을 먹는 건 내게도 의무이자 임무였
다.

어쨌든, 식량 배급은 내가 떠맡고 있었다. 그러므로 잭 제이
콥스가 방금 입 밖에 낸 소린 그냥 실없는 핑계, 그 이상도 이
하도 아니었다.

그럼에도 불구하고 나는 웃기지도 않은 잭 제이콥스의 핑
계를 군이 짚지 않고 그냥 보내준 건 나도 줄리아 시저에게
따로 볼일이 있기 때문이다.

"나한테 반했나?"

방에 둘만 남게 되자, 줄리아 시저가 웃기지도 않은 발언을
했다. 그 발언에 난 픽 웃었다. 웃기지도 않은 소리에 웃게 되
다니. 좀 자존심 상하는군.

"스스로도 아니라고 생각하면서 그런 말을 하는 이유가 뭐
지?"

"…날 죽이는 게 훨씬 더 이득일 텐데."

"그건 질문에 대한 답이 아니로군."

나는 줄리아 시저의 머리에 손을 가져갔다. 줄리아는 움찔
했지만, 이전과 달리 내 손을 물려고 들지는 않았다. 나는 손

을 멈췄다.

"무슨 심경의 변화지?"

"벼, 별로…… 아무것도."

아니야, 라고 줄리아는 입안에서만 웅얼거렸다. 시선을 주지 않으려고 노력하지만, 그녀의 정신은 내 손에 팔려 있음을 나는 꿰뚫어 보았다.

나는 손을 치웠다. 그러자 줄리아 시저의 표정은 안도하는 건지 아쉬워하는 건지 모를 미묘한 것으로 변했다.

"미안하군, 줄리아 시저."

내 갑작스러운 사과에, 줄리아는 움찔 굳었다. 내가 자길 죽이려고 하는 줄 안 걸까? 생각해 보니 그럴 수도 있겠다 싶었다.

"널 그냥 말로만 설득하려 했던 건 내 오만이었던 걸 뒤늦게 깨달았어."

"그, 그럼……."

뭘 착각한 건지, 줄리아의 얼굴이 새파랗게 질렸다. 고문이라도 하려는 줄 착각했겠지. 그 작은 머릿속에서 어떤 생각이 오가는지 손에 잡힐 듯이 보인다.

"행동으로 보여주지."

"헉!"

반응 재밌네. 물론 일부러 오해하라고 던진 말이다.

"무슨 오해를 하는지 모르겠지만."

사실 알고 있지만.

"너한테 뭔가 해코지를 할 생각은 없어."

나는 그렇게 오해를 풀어주었다. 그러자 파랗게 질려 있던 줄리아의 낯빛이 조금 좋아졌다. 그런데 조금 좋아졌을 뿐, 어째선지 이번엔 다른 방향으로 나빠졌다.

Chapter 3

줄리아 시저의 얼굴이 흙빛으로 변했다.

"그, 그럼……! 내 주변 사람들을 사로잡아서 날 협박하려
는 거야?"

"왜 거기로 튀냐? 아니야."

"그럼 대체 어떻게 할 생각인데!"

그런 줄리아 시저의 말에 내가 의미심장한 미소를 지어 보
이자, 내 미소를 본 줄리아 시저는 급히 숨을 들이키며 놀랐
다.

"히익!"

…반응이 이게 뭐야?

"행동으로 보여주겠다고 말했잖아."

"그럼 역시!"

뭐가 역시야?

"내가 행동하는 건 널 대상으로 한 게 아니야."

나는 줄리아 시저의 귓가에 속삭였다.

"힉, 히익……."

내 속삭임을 들은 줄리아 시저가 파들파들 떠는 것이 느껴졌지만, 난 알아채지 못한 척 계속해서 말했다.

"브뤼스만을 박살 내서 네 다른 선택지를 지워주지."

"……."

내 말을 들은 줄리아 시저의 반응이 바뀌었다.

그건 바로 노골적인 실망이었다.

"뭐야?"

내가 물으니 그녀는 고개를 팩 돌렸다.

"뭐가."

"반응이 왜 그래?"

"아무것도 아냐."

줄리아 시저는 고개를 내저었다. 그러더니 시무룩하니 풀이 죽어 이런 혼잣말을 했다.

"…역시, 나한테 그럴 만한 매력이 없어서……."

아니, 날 앞에다 두고 이렇게 중얼거리는 건 들으라고 한 소리지. 힐끗힐끗 날 보는 꼴을 봐라. 확신범이다.

무슨 이상한 기대라도 하는 모양인데, 솔직히 말해 줄리아 시저는 예쁘긴 해도 비토리야나에 비하면 평범한 축이다. 심지어 비토리야나에게서 뷰티 강습을 받은 안젤라만 못하다.

그리고 나는 비토리야나나 안젤라와 마찬가지로, 줄리아 시저에게서도 별다른 감정 변화를 느끼지 못했다.

그래 봤자 천사지!

그렇다고 솔직한 소릴 대놓고 해 자존심을 박살 낼 필요는 없다. 안 그래도 자존감이 낮은 줄리아 시저다. 굳이 상처를 벌려 아프게 할 필욘 없겠지.

"뭐 됐어. 당분간 묶여 있으라고."

그렇게 해서 나는 줄리아 시저와의 대화를 마쳤다. 뭔가 똥 마려운 강아지처럼 나를 바라보는 그녀의 시선을 애써 무시하며, 나는 방에서 나왔다.

*　　　　*　　　　*

교단에 도착했다. 정확히는 교단의 방위 라인 안에 접근했다.

예상외였던 건 교단의 초계기가 황금 전함의 스텔스 기능을 꿰뚫어 보지 못했다는 점이었다. 원래 계획으로는 방위 라인에서 한바탕 싸움을 벌이면서 교단의 중추에 강하하는 걸로 작전을 짰는데, 들키지 않았으니 전투를 벌일 필요는 없었다.

함정일 수도 있겠다는 의견도 잠깐 나왔지만, 그래 봐야 해야 할 일은 바뀌지 않는다는 결론이 빠르게 났기에 우리는 미리 지정해 뒀던 플랜B를 그대로 이행했다.

교단의 의회와 대성당, 정부 시설에 각 군단 병력을 강하시켜 제압하고 브뤼스만의 세력을 축출함과 동시에 방송통신시설을 점거해 우리의 정당성을 설파한다.

중요한 건 피아 구분이었는데, 누가 브뤼스만의 세력인지는 다행히 쉽게 구분이 되었다. [지배의 권능]에 걸렸던 군단장들이 필요할 때 누구 도움을 받아야 하는지 브뤼스만으로부터 이미 지시받은 바가 있었기 때문이다. 그리고 그건 전 병력에게 전파가 끝난 상태였다.

"오퍼레이션 루비콘, 작전 개시."

황금 전함의 주포가 일제히 발사되어, 교단 세계의 방어막을 뚫었다. 아무리 여기까지 조용히 왔다 한들, 그리고 스텔스 기능이 유지되어 있다 한들 이런 직접적인 공격 행위를 했음에도 들키지 않을 거라 믿을 수는 없다.

여기서부터는 시간 싸움이었다.

적 세력이 얼마나 우리 작전에 대해 인지했는지, 또 대비했는지는 모르지만 적들은 우리 움직임에 대응해야 하는 이상 타임 랙이 발생할 수밖에 없다. 반대로 말하자면, 그 타임 랙 동안 상황은 우리에게 유리하게 돌아갈 터였다.

이 얼마나 될지도 모르는 골든 타임을 최대한 유효하게 활용해야 했다.

모든 황금 전함이 교단 세계의 대기권에 돌입했고, 빠른 속도로 움직여 강하 가능 고도를 확보했다.

"강하!"

"강하! 강하하라!!"

일반인이라면 이런 높이에서 뛰어내리면 목숨을 보장할 수 없겠지만, 크루세이더들은 강인한 군인이자 이미 자기 직업의 만렙을 찍은 플레이어들이다. 천 명이 넘는 병력이 구름을 뚫고 강하를 강행하는 건 실로 장관이었다.

물론 나도 보고만 있을 수는 없었다.

"뒷일을 부탁한다, 안젤라! 키르드!"

"네, 선배!"

"맡겨주세요, 로드!"

혹시 모를 오해를 방지하기 위해 비토리아나와 루시피엘라는 숨어 있어야 했기에, 대외적으로 활동할 수 있는 건 이 둘이었다. 처음에는 망설였지만, 지금은 데려와서 다행이라고 생각한다. 다른 크루세이더에게 모함의 제어권을 맡길 수 있는 것도 아니니 말이다.

"강하!"

나도 전함에서 뛰어내렸다. 전함은 내게서 지나치게 멀어지지 않도록 거리를 조절해서 따라오게 했다. 잘하면 [축복받은 천자총통]의 [금신전선 상유십이]가 취소되지 않을 것이다. 이 부분은 안젤라의 조종 실력을 믿어야지. 이날을 위해 2번 함의 조종을 줄곧 맡겨왔으니까.

자, 그럼 새로운 스킬의 현장 데뷔다.

[기습하는 또 하나의 나]

초월적 권능 스킬이 다섯 번 연속 시전, 다섯 개체의 [또 하나의 나]를 만들어냈다.

나는 스킬의 힘으로 창조된 여섯의 [또 하나의 나]를 강하중인 각 부대에 편입시켰다. 뭐, 스킬로 만들 수 있는 [또 하나의 나]는 다섯이지만 '원래의 나'를 '다른 나'들과 구분하는 건 의미가 없는 일이니까.

이미 여섯 군데에 동시에 존재하는 '나'에 혼란스러워 할 시기가 지났다. 모든 나는 나다. 작전 진행에 문제는 없었다.

                    *   *   *

체자레 줄리오. 유일 교단의 공군 사령관이자 방공망 총 책
임자는 바로 이 남자였다.

"상황이 괜찮게 돌아가고 있어."

체자레는 소파에 깊숙이 몸을 묻으며 회심의 미소를 지었
다.

'드디어 나한테도 운이 돌아왔군.'

요 며칠간은 상황이 너무 바쁘게 돌아가느라 이런 생각을
할 새도 없었으나, 이제는 조금쯤 여유를 부릴 수 있게 되었
다.

대만마전 전선으로 투입된 크루세이더가 모두 전멸하고 말
았다는 교단에 갑자기 찾아온 비보로 인해 패닉에 빠진 건
체자레 줄리오도 마찬가지였다. 그도 교단 소속 인사였고, 군
사령관이었으니.

아군의 연이은 승전보에 마음을 푹 놓고 있던 것도 과거의
일, 적 세력의 전투력을 재평가하고 군의 재편까지 결정하느
라 매일같이 하드 워크에 시달려야 했다.

'멍청한 줄리아 시저!'

과중한 업무에 의매의 욕을 입에 달고 살던 체자레가 이 사
태를 자신에게 호재로 여기게 된 건 다름 아닌 그의 의부, 브

뤼스만에게 연락을 받은 후였다.

─카이사르 계획은 B─12안으로 변경되었다. 다음 카이사르는 너다.

그 말을 들은 순간, 체자레는 전신에 번개가 내달리는 것 같은 짜릿한 감각에 전율했다. 다음 카이사르 계획, 즉 교단 독재관에의 취임 계획에 주인공으로 발탁되었다는 뜻이니 어찌 아니 전율할 수 있을까?

그렇다고 체자레가 브뤼스만의 육성을 들을 수 있었던 건 아니다. 대리인의 메시지를 받은 게 전부였다. 그럼에도 그가 받은 감동은 조금도 깎여 나가지 않았다.

'이제부터 모든 신네오콘 일파가 날 지지할 거야.'

단순히 이것 자체로도 교단 내에서의 막대한 영향력과 발 언권이 주어진다. 신네오콘을 비롯한 교단의 매파는 사실상 교단의 주류 세력의 자리를 차지하고 있으니.

그런데 이조차도 중간 단계에 지나지 않는다. '카이사르'를 교단이라는 거대 단체의 정상에 세우는 것이 카이사르 계획 의 요체니까.

'야망이 끓어오르는군……!'

체자레의 그 강렬한 야망이야말로 그가 줄리아 시저보다

브뤼스만의 우선순위에서 뒤떨어진 이유였지만, 브뤼스만의 에이스 카드 자리를 차지하게 된 지금에 와서야 신경 쓸 일이 못 됐다.

'반드시 아버지의 기대에 부응하겠다.'

체자레의 그 야망이 [지배의 권능]으로 인해 자리 잡은 충성심을 넘어서는 날, 그의 목은 잘려 나갈 것임을 그 스스로도 아직 알아차리지 못한 상태였다.

그러나 그 먼 훗날의 일을 미리 생각하고 고뇌할 필요는 없었다.

"사령관 각하! 급보입니다!"

"뭐지? 부관. 12분만 쉬겠다고 했을 텐데?"

체자레는 한숨을 내쉬면서도 자신의 허리를 잡아당기려 드는 푹신한 소파에서 억지로 몸을 일으켰다. 침대에서까지 항상 냉정한 부관이 이렇게 호들갑을 떤다는 건 정말 큰일일 테니, 일어서지 않을 수가 없었다.

"경계 임무 중이던 아군 경계기가 모두 사라졌습니다!"

"뭐라고!?"

급보를 들은 순간, 체자레의 얼굴에서도 핏기가 싹 가셨다. 정말로 여유 부리고 있을 때가 아니었다!

"그럴 수가 있나. 아군이 사라지고 있는데, 아무도 경계를 안 울린 건가?"

"못 울린 겁니다, 사령관 각하."

부관에게선 뒤늦게 냉정을 되찾으려고 노력하는 기색이 보였지만, 그녀의 목소리가 파르르 떨리는 건 그녀 스스로도 감출 수 없었다.

"무례한 일임을 알면서도 제가 사령관 각하의 휴식처까지 온 이유가 그것입니다."

"…통신 두절인가."

"그렇습니다."

체자레는 반사적으로 하늘을 올려다보았다. 황금빛으로 빛나는 점들이 몇 개 보였다.

"…적습!"

부관이 먼저 외쳤다.

"알고 있어! 내가 직접 나간다!"

통신 장비가 마비되어 다른 부대의 지원을 바랄 수 없다면, 전함의 화력지원이나 전투기 파견을 기대할 수는 없다. 그렇다면 직접 싸워야 한다. 그리고 이 자리에서 가장 강한 인재는 바로 체자레 자신! 공군 사령관 자리를 체스로 딴 건 아니다.

"부관, 뒤를 부탁한다! 일이 이렇게 된 이상 출격 명령을 구두로 전달할 수밖에 없어!"

"네, 사령관 각하. 몸조심하십시오!"

저 냉정한 부관의 입에서 저런 말이 나오다니. 체자레는 어떤 강렬한 욕구가 솟구쳤지만, 애써 자제하고 그 자리에서 날아올랐다.

다행히 하늘로 솟아오른 건 체자레 하나만이 아니었다.

"사령관 각하! 지휘를 부탁드립니다!"

"72군단장! 74군단장! 알았다."

어느 한순간부터 통신 장비가 모조리 쓸모없어졌기 때문에, 명령도 구두로 내려야 했다. 거의 항상 통신 장비에 의지하고 있었던지라 다소 쑥스럽긴 하지만 이 지휘 방법도 사관학교에서 배운 일이 있다. 불가능하지 않다. 가능하다!

"전군! …커억!!"

폐에 공기를 가득 빨아들이고 큰 목소리로 출격 지시를 내리려던 그때, 체자레는 가슴에 격통을 느꼈다. 그의 가슴을 낯설지만 그 존재를 알고는 있는 검이 꿰뚫고 있었다.

'진리의… 검!'

교단에서도 소유하고 있는 이가 얼마 없는 신화급 유물 무기의 모습에 체자레는 눈을 부릅떴다. 순간적으로 자신을 습격한 적의 정체가 교단 내의 배신자일지도 모른다는 생각이 그의 뇌리를 스쳤으나, 그것도 길지 않았다.

"네가 사령관이로군. 미리 알게 되어서 다행이야."

누군가의 목소리가 들렸다. 동시에 체자레는 눈앞이 까매지는 것 같은 절망감에 휩싸였다.

'접근을 전혀 눈치채지 못했어! 직감에도 아무 반응이 없었는데……!'

체자레도 대천사라는 종족의 성장 한계에 도달한, 이 이상 강력한 자를 찾아보기 힘든 플레이어였으나 상대는 그 이상의 강자였다.

그 정체는 이진혁.

교단의 적이었다.

"각하!"

"사령관 각하!"

뒤늦게 반응한 군단장들이 아직도 제대로 모습을 보이지 않고 있는 이진혁에게 달려들려고 했으나, 그 또한 무위로 돌아갔다.

"[이진혁]."

마치 자기소개를 하는 것 같은 이진혁의 목소리에 주위의 모두가 어리둥절해 했으나, 그것이 스킬 발동의 트리거였음을 알게 되었을 때는 이미 모든 게 늦어 있었다.

폭발이 일어났다.

*   *   *

이미 공격을 시작하긴 했지만, 만약을 위해서라도 최대한 소란을 줄여야 했다. 그래서 나는 [이진혁]으로 일으킨 폭발에 빛과 소음을 억제했다. 오로지 폭발의 물리력만을 남긴 깔끔한 폭발. 말이 안 되지만 해보니까 되긴 되더라.

그 결과, 기습 선제공격으로 교단 방공군의 세력을 모조리 기절시키는 것에 성공했다. 방공군 병사들이 허공에 둥실둥실 뜬 게 마치 물속에 다이너마이트를 던져 넣은 것 같았다.

"좋아, 제압했다. 이것도 하다 보면 는단 말이지."

나는 공군 사령관의 심장을 찌른 [축복받은 진리의 검]을 쑥 뺐다. 피가 철철철 흘러나왔다. 아무리 고위 플레이어라도 죽을 수 있는 치명상이었다.

"어, 죽으면 안 되지."

지금 교단 각지에서 벌이고 있는 제압 작전은 어디까지나 준비 작업에 불과했다. 이제부터 우리가 해야 할 건 여론전이었다. 희생이 커져 좋을 일은 단 하나도 없었다.

그래서 나는 서둘러 스킬 [이진혁]을 활용해 생명 속성의 마나를 뿌려 사령관을 적당히 치유했다. 좋아, 상처는 막았으니 죽진 않겠지.

"이 사람 좀 부탁해요."

나는 여전히 정신을 못 차린 채 축 늘어져 있는 사령관을 크루세이더들에게 넘겼다. 그들이 [제압]을 걸어줄 것이다. 다른 크루세이더들도 내가 [이진혁]을 터뜨려 기절시킨 방공군 장병들을 떠맡아 [제압]했다.

참 쓸모 있는 스킬이란 말이야, 저 [제압] 스킬. 괜히 갈아먹었나?

나는 크루세이더들로부터 뜯어왔었던 [제압]을 갈아먹은 걸 잠깐 후회했지만, 그걸 갈아먹지 않았으면 [기습하는 또 하나의 나]에 기대는 바가 많은 이 작전 자체가 성립하질 않으니 어쩔 수 없었다. 나는 빠르게 후회를 뒷전으로 넘기고 크루세이더들에게 말했다.

"아무도 안 죽었죠?"

"그렇습니다, 이진혁 님."

"좋아요. 다행이네요."

"완벽했습니다."

이쪽에 따라온 군단장은 크루세이더 17군단장이었나? 잘 모르겠다. 어쨌든 그의 감탄 어린 말투에 나는 고개를 끄덕이는 것으로 대답을 대신했다.

겸양이나 하고 있을 때가 아니었다. 사실 난 정신이 하나도 없었다. 하나의 영혼으로 여섯의 신체를 제어한다는 건 말만으로도 별로 쉬운 일이 아니지만 실제론 그 이상으로 어려운 일이었으니까.

물론 이 상황을 대비해 사전 훈련을 거듭하긴 했지만, 실전의 정신없음은 훈련 상황과는 문자 그대로 차원이 달랐다.

다행인 건 나 혼자의 정신없음과는 별개로 작전 진행이 참 순조롭게 돌아가고 있다는 점이었다. 좀 부자연스러울 정도로 말이다. 혹시 이거 함정인가, 하는 생각이 들 정도로.

뭐, 함정이라도 어쩔 수 없다. 이미 주사위는 던졌다. 되돌릴 수는 없다.

"좋았어, 지상군도 제압했으니 지금까지는 전부 성공적이로군요."

방공군 중 직접적인 제압을 위해 날아오른 건 일부였고, 또 지상에 남은 부대의 제압을 다른 '또 하나의 나'가 떠맡았다. 물론 내 시야로 보자면 이것도 내가 한 일이고 실시간으로 손발을 움직이고 있는 것도 나지만, 주변의 크루세이더들 들으라고 한 혼잣말에 가까웠다.

"여기 뒤처리 부탁해요."

제압한 이들을 포로로 잡아 황금 전함에 연금해 두는 임무는 이쪽 크루세이더 부대에 맡기고, 나는 이쪽 '또 하나의 나'를 이동시켰다.

여섯밖에 없는 '또 하나의 나'다. 이쪽 작전이 끝났다고 놀려둘 수는 없다. 다른 '또 하나의 나'를 도우러 가야 하니까.

아아, 정신없다!

　　　　　*　　　　　*　　　　　*

교단은 슬픔의 도가니에 빠져 있었다. 모든 공공기관과 시설에는 검은색으로 칠해진 조기가 내걸렸으며, 길거리에는 음악도 없고 소란스레 떠드는 사람도 없어 조용했다. 술의 판매와 음주가 추모 기간 동안 금지된 탓도 있으리라.

물론 그 추모 대상은 단 하루 사이에 소식이 끊겨 버린 크루세이더들이었다.

물경 여섯 군단으로 이뤄진 크루세이더의 증발은 교단에게 있어서도 결코 적은 피해가 될 수 없었다. 아예 한 개의 전선을 감당하던 군세다. 교단의 작전 사령부에서도 최대한 피해를 줄이기 위해 방어적 공세를 주문했던 터였다.

작전의 진행은 성공적이었고, 크루세이더는 단 한 명의 병사도 잃지 않고 전선을 밀어붙인다는 소식이 이어졌었으나 이 또한 과거의 일이다.

크루세이더의 전진이 너무 늦다며 비난 기사를 싣던 언론은 일제히 입을 다물었으며, TV에 나와 그런 소릴 떠들던 방송인은 일자리를 잃은 것에 그치지 않았다. 사적 제재는 불법이었으나 이뤄지지 않는 것은 아니었다.

충격이 한차례 휩쓸고 간 교단에는 침울함만이 남아 있을 따름이었다. TV를 통해 소식을 접한 교단의 시민들은 자주적으로 아침 식사를 멀리했다.

그날 오후, 추모식이 이뤄졌다.

시체 없는 천 개 이상의 관이 준비되었다. 모든 관에 교단의 기가 덮였으며, 그 위를 교단의 성물이 장식되었다. 그것들에는 일일이 사자일 터인 크루세이더들의 이름이 새겨졌으며, 모두 교단 국립묘지에 안장될 터였다.

"우리는 영웅들을 잃었다."

교단의 현 총통, 라이어스 레아딘이 단상에 서 침중한 어투로 추도사를 시작했다.

"귀중한 영웅들이었다. 그들은 교단에 있어 반드시 필요한 재원이었으며, 동시에 무엇과도 바꿀 수 없던 우리의 가족들이었다. 부모였으며, 형제자매였으며, …자식이었다."

라이어스 총통의 목소리에 울먹임이 섞였다.

희생된 크루세이더들 중에는 그의 자식도 있었다. 노블리스 오블리주라 했던가. 공화제인 교단에는 그다지 어울리지 않는 단어지만, 어쨌든 총통의 아들딸이 최전선에 나가 교단을 지킨다는 것 자체가 많은 다른 이들 또한 교단의 부름에 응하는 결과로 이어졌다.

"이렇게 잃어서는 안 되는 생명을 잃었다. 우리는 너무 많은 것을 잃었다. 얻은 것은 없이……. 우리는 우리의 분노를 터뜨리는 것에 실패했으며, 우리의 적들은 우리를 비웃고 있다. 이렇게 끝내서는 안 된다. 이렇게 끝내서는……."

마이크를 통해 흐읍, 하고 숨을 들이켜는 소리가 들렸다. 중
앙 광장에 마련된 대형 스크린이 총통의 눈에서 흘러나온 뜨
거운 눈물을 여과 없이 비췄다. 그걸 보고 놀라 숨을 깊이 들
이쉬는 교단의 일반 교인들이 보였다.

"나의 사랑하는 교단의 가족들이여! 이미 떠나간 이들의 죽
음을 이대로 헛되게 만들 수는 없다! 우리는 적어도 하나는
얻어야 했다! 적들의 두려움! 적들의 후회! 자신들이 무엇을
건드렸는지, 어떤 돌이킬 수 없는 실수를 저질렀는지에 대한
깊은 깨달음을 우리는 그들에게 안겨줘야 한다!"

단순히 총통으로서의 목소리가 아닌, 아들과 딸을 잃은 아
버지의 목소리가 교단의 중앙 광장을 쩌렁쩌렁하니 울렸다.
그 목소리가 지닌 호소력은 듣는 이들 모두의 마음을 뒤흔들
었고, 가족을 잃은 슬픔과 패배로 인한 침울함은 적들에 대
한 분노와 증오로 치환되었다.

"복수를, 보복을!"

총통이 외쳤다.

"복수를! 보복을!!"

군중이 따라 외쳤다. 그리고 어느새 그 외침은 구호가 되어
있었다.

"복수를! 보복을!!"

"복수를! 보복을!!"

전쟁이 아직 끝나지 않았음을, 교단의 전의는 아직 부러지지 않았음을 알리는 구호.

총통은 그러한 대중들 앞에 깊이 고개를 숙이고, 단상에서 내려왔다. 그가 단상에서 내려왔음에도 구호는 아직 끊이지 않았다.

"복수를! 보복을!!"

"복수를! 보복을!!"

그 구호는 언제까지고 이어질 것만 같았다.

＊　　　　＊　　　　＊

본인의 집무실로 돌아온 총통은 목을 꽉 조이는 상복을 입은 탓에 갑갑한 듯 목깃에 손가락을 넣고 한차례 휘저어 푼 후 손에 쥐고 있던 무언가를 탁상 위에 던졌다.

안약이었다.

"후… 힘들군."

이런 원시적이고 물리적인 가짜 눈물을 쓰게 된 건, 스킬이나 아이템을 썼다간 들킬 수 있기 때문이었다. 워낙 스킬의 발동에 민감한 시대니 말이다.

그래서 총통은 오로지 손동작으로 안약 두 방울을 눈에다 던져 넣는 신기를 선보였다. 누구에게도 말한 적 없지만, 이건 그의 개인기 중 하나였다.

"이 간단한 트릭이 스킬보다 안전하다는 게 아이러니라 해야 할지, 뭐라 해야 할지."

총통은 혼잣말을 흘렸다. 그런데 사실 그것은 혼잣말이 아니었다.

"이걸로 된 겁니까?"

아무도 없는 방 안에서 혼잣말처럼 나지막하니 던져진 그 질문에 답이 돌아왔다.

―그래, 훌륭한 연설이었어. 내 가슴도 울리더군.

그 목소리는 마치 독사의 것과 같이 슉슉거렸다.

―전쟁은 이대로 끝나선 안 돼. 우리에겐 새로운 영웅이 필요해. 새로운 영웅이 활약할 수 있는 전장이 필요하지.

"그 필요성은 이해하고 있습니다. 하지만 너무 지나쳤던 것 아닙니까?"

총통 또한 아들딸을 잃었다. 물론 자식을 잃은 슬픔이 교단에 대한 애국심과 통신기 너머의 상대에 대한 충성심을 넘어서는 건 아니다. 그럼에도 불구하고 한마디 항의는 하고 싶다. 그의 슬픔과 분노는 그 정도 레벨은 됐다.

―넌 그냥 내 말만 들으면 돼. 생각하려고 하지 마. 네 생각대로 해서 잘된 게 있었나?

상대로부터는 총통 자신이 생각했던 것보다 날카롭고 공격적인 반응이 돌아왔다. 그런 상대의 반응에, 역설적이게도 총통은 위안을 얻었다.

'아, 나의 주군에게도 이번 작전은 쓰기 싫었고 아픔이 큰 작전이었구나.'

그렇게 생각한 까닭이었다. 말도 안 되는 자기 위안이었지만, 그에게 걸려 있는 스킬의 힘은 그에게서 제대로 된 판단력을 앗아간 지 오래였다.

"그랬지요. 알겠습니다. 말씀대로 따르겠습니다."

―그래. 그래야지.

툭. 통신은 그대로 끊겼다.

총통은 긴 한숨을 내쉬었다. 안도의 한숨이었다. 아무리 한 세력의 총통이라 한들, 자신의 주군에게 분노를 사는 건 그만큼 두려운 일이었다. 다행히 주군이 대범하게 자신을 용서해 줘서 다행이지. 어째서 그런 건방진 말을 했을까? 총통이 그렇게 후회하고 있을 때쯤이었다.

바깥에서 이상한 소란이 일어났다.

소란의 원인은 곧 밝혀졌다.

―친애하는 교단의 형제자매 여러분. 저는 크루세이더 11군단 군단장 잭 제이콥스입니다. 총통의 연설과 달리, 우리는 죽지도 패배하지도 않았습니다. 영광된 크루세이더는! 단 한 명

의 병사도 잃지 않았고! 완전무결하며 찬란한 승리를 손에 넣었습니다!!

그것은 무단으로 단상에 서 마이크를 잡은 크루세이더 군단장의 모습 때문이었고, 그가 입 밖에 낸 말 때문이었다.

—그러나 그 승리를 더럽히려는 자가 있다! 우리가 죽었다고 선동하는 자들이 있다!! 실제로 우리를 죽이려 들었던 자들이, 이 교단 내부에 존재했다! 우리가 타고 있던 전함을 우리의 의지와 상관없이 자침시키려는 시도가 있었다!!

분노에 찬 외침. 호소. 집무실에 켜진 TV에서도 그 모습과 목소리는 여과 없이 울려 퍼졌다.

"무슨 짓이야! 무슨 일이야! 얼른 마이크를… 방송을 꺼!!"

몇 초 정도 멍하니 굳어 서 있던 총통은 대경실색해 그렇게 외치며 집무실을 뛰쳐나왔다. 그렇게 집무실을 뛰쳐나오자마자, 총통은 한 남자의 얼굴을 보게 되었다.

"여. 처음 뵙는군. 그대가 교단의 총통인가?"

"…이 …진혀컥!!"

총통은 끝까지 말을 마무리할 수 없었다. 주먹이 날아왔다. 총통 또한 교단에서 손꼽힐 정도의 강자였으나, 그 주먹을 받아낼 수는 없었다.

빠악!

—놈의 이름은 브뤼스만! 그리고 놈의 뒤에 줄을 선 교단의

암 덩어리들!! 그들이 우리를 배반했으며, 우리를 죽이려 들었다! 그러나 우리는 살아 돌아왔으며, 이렇게 형제들 앞에서 진실을 알릴 수 있게 되었다!!

꺼져가는 의식 속에서, 총통은 모든 것이 다 끝났음을 느끼며 암흑 속에 침잠했다.

*　　　*　　　*

마침 크루세이더들이 돌아왔을 때, 교단에선 크루세이더들의 추모식을 열고 있었다니. 이 무슨 아이러니일까? 이것도 내 행운의 결과물일까?

아니, 그럴 리는 없다. 플레이어 개인의 행운은 시스템상의 랜덤 수치에만 영향을 미치니까.

그저 우리가 제대로 된 판단을 한 결과물이 이거겠지. 최대한 빨리, 지체하지 않고 교단을 향해 온 것이 이런 결과로 이어진 거다.

브뤼스만이 크루세이더의 전함을 자침시키고, 그 정보를 적당히 가공해 크루세이더들이 악마들에 의해 죽었다는 날조를 퍼뜨리고, 그 날조에 따라 추모식을 치르기까지 걸린 시간과 우리의 이동 시간이 딱 맞아떨어진 건 그냥 우연인 것만은 아니었다.

실제로 군단장들과의 회의에서는 교단에서 추모식을 열고 있을 가능성과 그때 어떻게 행동할지에 대한 작전도 다 짰었으니까.

낮은 가능성이지만 없는 가능성은 아니고, 상황상 우리에게 너무 유리하니 버리기 아까워서 대비해 둔다는 개념으로 세운 작전이었지만 쓸모가 있었다.

그렇게 작전을 미리 다 짜둔 덕에 모든 게 부드럽게 막힘없이 돌아간 거지.

만약 방송국의 점거와 통신시설의 장악에 실패했었더라면, 잭 제이콥스의 단상에의 난입이 저지당했더라면, 교단 수도방위군과의 교전에서 패배했었더라면.

이 중 하나만 어그러졌어도 이 작전은 물거품이 되었을 터였다.

그리고 또 하나.

"이런 곳에서 뵙게 되다니, 정말 반갑습니다. 이진혁 님."

방송국에 갔었던 '또 하나의 나'가 만난 인물은 의외라면 의외지만, 예상대로라면 예상대로의 인물이었다.

지금 와서 다시 생각해 봐도, 방송국 점거 전투는 이상하게 순조로웠다.

아니, 방송국 점거 전투뿐만이 아니라, 전체적으로 교단의 각 군 부대와 경찰의 연계가 삐걱대는 면이 있었다. 제대로 연

계가 안 되는 정도가 아니라, 거짓 정보에 혼란스러워 하거나
아예 이상한 행동을 하는 경우가 너무 많았다.

물론 우리도 최선을 다했다. 직접적인 제압 전투를 벌이기
전까지는 전면전을 최소한도로 줄이고, 적들에게 정보를 주지
않기 위해 은밀 엄폐에 신경을 많이 썼다.

그러나 이 정도의 혼란은 누군가의 내응이 있지 않고선 불
가능한 일이었다.

작전의 진행이 지나치게 순조로웠던 나머지, 이게 함정이 아
닐까 생각하는 의견도 나왔었다. 뭐, 여기까지 와서 작전을 취
소하고 되돌아가는 건 무리이니 껄끄러움을 감수하고 계속
움직였지만 말이다.

그런데 여기서 나타난 인물의 존재가 왜 우리의 작전이 그
렇게까지 순조로울 수 있었는지 직관적으로 알려주었다.

나는 그자의 이름을 불렀다.

"카자크."

교단의 인스펙터 부대 출신이자 브뤼스만의 심복 중 하나.
여기까지만 말하면 당연히 경계해야 할 인물이나 그에게는 치
명적인 단점이 있다. 그 치명성은 다행히도 브뤼스만을 향해
겨누어져 있지만 말이다.

배신욕.

원래는 존재하지도 않는 단어를 만들어다 쓸 정도로, 놈은

배신에 미쳐 있다. 그리고 지금 와서 언급하기는 껄끄럽지만 놈이 저렇게 미쳐 버린 원인 중 상당부분은 내 지분이 높았다. [기아스]로 [배신해]라는 명령을 내린 후부터 놈의 상태가 저렇게 되어버렸으니.

지금도 놈을 보면 좀 안쓰러운 느낌이 들지만, 결과만 보면 성공적이었다. 왜냐하면 우리의 작전이 순조롭게 돌아간 건 저놈 덕이었으니 말이다.

카자크에게 있어선 우릴 돕는 것 자체가 브뤼스만에 대한 심각한 배신이다. 그리고 카자크란 남자는 이 큰 배신의 기회를 놓칠 인물이 아니었다.

카자크의 배신욕은 브뤼스만이 놈에게 건 [지배의 권능]의 효과를 초월하니까.

"이름을 기억해 주심에 영광으로 몸 둘 바를 모르겠습니다."

카자크는 예의 바르게 허리를 숙여 내게 경의를 표했다. 그런 그의 반응에 나는 경계부터 하고 봤다. 아무리 배신욕의 영향으로 지금은 우리에게 유리한 행동을 한다고 하더라도, 놈에게 어떤 기대를 품는 순간 놈은 그걸 민감하게 캐치해 배신하려고 할지도 모르니 말이다.

"우리가 오는 줄 어떻게 알았지?"

카자크의 활약은 지나치게 효과적이었다. 놈이 이렇게 정확한 타이밍에 내응할 수 있었던 건 달리 이유가 있으리라.

그런 내 질문에, 카자크는 한쪽 눈을 깜박여 윙크해 보이면서 내게 답을 주었다.

"그야 그쪽 끄나풀이 제게 정보를 줬으니까요."

내부 스파이였나!

"끄나풀의 의도는 절 통해 브뤼스만 님께 전달하려고 한 거겠지만, 그 기대는 참담히 배신당했죠. 후후후……."

카자크는 낮게 웃었다. 웃음소리만 들으면 냉정한 악당의 모습이 떠오를지 모르지만, 때때로 움찔움찔 떠는 놈의 모습을 직접 보면 그런 생각이 안 들 것이다.

"당연하지만 여러분에 대한 정보는 제가 도중에 가로채 차단해 뒀습니다. 브뤼스만 님께선 아마 아무것도 모르실 겁니다. 아, TV를 통해 잭 제이콥스 군단장의 모습이 나갔으니 지금쯤 상황을 파악하셨겠군요. 흐흐흐… 흐윽!"

마침내 카자크의 등이 활처럼 젖혀졌다.

우와, 기분 나빠!

하지만 역시 그랬군. 크루세이더 내부에 브뤼스만의 동조자가 있었다. 크루세이더 병사들의 전수조사를 통해 그들에게 걸려 있던 [지배의 권능]은 모조리 풀었지만, 이것만으론 완벽하지 않았다.

내 입장에서야 예상했던 일이다. 애초에 몇 번 정도 [퀵 로드를 사용할 각오를 굳히고 시작한 작전이다. 그런데 그 브뤼스만이 배치해 놨던 비수도 카자크라는 의외의 존재에 의해 막혔으니, [퀵 로드]에 쓸 신성을 상당히 아낄 수 있었다.

"감사 인사는 나중에 하셔도 됩니다. 지금은 제 인생 최대의 배신을 해야 될 때라 말이죠. 바로 본론으로 들어가겠습니다."

금세 원래 상태로 돌아온 카자크는 손톱만 한 크기의 메모리 칩을 내게 던졌다.

"여기 이 자리에 제가 아는 분이 계셔서 천만다행입니다. 이걸 언제, 어떻게 써야 할지 참 고민했었는데."

크루세이더 내부에 심어둔 끄나풀을 통해 내가 언제 어떻게 올 건지 다 알고 있었으면서도 그런 소릴 하다니.

"내용물을 확인해 보시죠."

뭐, 아무튼 좋다. 옆에 있던 크루세이더 부관이 건네준 휴대용 재생 장치에 메모리 칩을 끼워 재생해 보니, 그곳에는 그야말로 결정적인 증거가 들어 있었다.

―전부 터뜨려.

거기에는 바로 크루세이더 전함의 자침을 지시하는 브뤼스만의 육성이 녹음되어 있었다!

―무엇을 말입니까?

이어지는 목소리는 카자크의 목소리. 이놈이 왜 이런 질문을 했는지는 명확했다. 브뤼스만의 육성으로 그의 명령을 명확하게 기록하기 위해서였으리라.

언젠가 그를 배신해 이렇게 터뜨릴 날을 위해서.

이 철두철미한 배신 성욕자 같으니라고.

—크루세이더 전함. 놈들의 쓸모는 다했다. 단 한 명의 생존자도 놔둬선 안 돼. 다 죽여.

그리고 브뤼스만은 카자크가 의도한 바대로 말했다.

재생 장치에서 흘러나온 목소리를 듣는 다른 크루세이더들이 분노와 치욕으로 부들부들 떠는 것이 눈으로 보지 않아도 느껴질 정도였다.

나는 내게 재생 장치를 줬던 크루세이더 부관에게 그걸 다시 돌려주면서 짧게 명령했다.

"틀어."

본래는 내게 크루세이더들에 대한 명령 권한이 없었으나, 지금은 상황이 달랐다. 군단장들이 각 침투 부대의 명령권을 내게 양도해 준 데다가, 설령 내게 정당한 명령권이 없었더라도 이 크루세이더 부관은 내 명령에 즉시 따랐을 것이다.

그리고 브뤼스만의 육성 데이터는 광장에 울려 퍼졌다. 우리가 미리 만들어두었던 영상 데이터, 그러니까 나와 잭 제이콥스가 연기한 그 내용과 함께 말이다.

완전무결한 승리, 그리고 의외의 조력자인 나와의 통신 내용. 그 뒤에 이어진 브뤼스만의 충격적인 명령. 마지막으로 크루세이더 전함의 자침 영상까지.

편집할 시간은 없다시피 했으나, 용케도 제대로 편집해 내는 데 성공했다 싶었다.

그렇게 완성된 영상의 효과는 대단했다.

광장에는 분노가 넘실거리고 있었다.

*   *   *

와장창!

낡은 TV가 박살 났다. 테이블은 주먹 한 방에 가루가 되었고, 허름한 냉장고라고 그 운명이 다를 건 없었다.

"으아아아아아!!"

와지끈! 통나무로 만들어진 오두막의 벽이 무너져 내렸다. 사람의 힘으로 가능한 일이 아니나, 지금 파괴 활동을 벌이고 있는 이는 사람이 아니다. 그는 천사, 그것도 대천사다. 하지만 그의 적들은 그를 독사라 부른다.

인면독사, 브뤼스만.

"이 배신자가! 감히! 감히! 감히 나를!! 나를 배신해?!"

계획은 거의 최종 단계에 접어들고 있었다. 여기서 한 수만 더하면 교단 전체를 그의 영향력 아래 놓을 수 있었던 상황이다. 체크메이트까지 단 한 수만 더 놓으면 됐다. 도중에 잠깐 삐끗하긴 했으나, 그것도 잘 수습된 것으로 보였다.

그런데 단 한 명의 배신, 단 한 번의 실수로 모든 게 무너져 내렸다.

"카자크! 카자크으으으으!!"

조금이라도 냉정을 찾을 수 있었다면 카자크가 무슨 수로 배신했는지에 대해 의구심을 가졌을 테지만, 브뤼스만은 지나치게 흥분해 그럴 여유를 갖지 못했다.

그야 그럴 만도 했다.

브뤼스만이 가진 것은 많지 않다. 그것은 꼭 그 스스로가 가지고 있을 필요가 없기 때문이다. [지배의 권능]으로 지배해 놓은 수하들의 손에 들려놓았으니. 배신당할 걱정도, 잃어버릴 걱정도 없었다.

이제까지는 그랬다. 그런데 이제부터는 그렇지 않았다.

교단에 깔아놓은 수하들에게 걸어놓았던 [지배의 권능]이 풀려가고 있었다. 하나씩 차례로 풀리는 것도 아니고, 신호가 동시에 와르르 울리니 브뤼스만으로서도 혼란스럽기 그지없었다.

생각할 여유가 없었다!

브뤼스만이 지닌 자금, 세력, 영향력, 그 외 모든 것이 하룻밤 꿈처럼 흩어져 가고 있었다. 손아귀에 꽉 쥐고 있다고 믿었던 다이아몬드가 모래로 변해 흘러내리는 것 같았다.

"으아, 으아아아……!"

마지막으로 눈물을 흘린 게 언제던가. 적어도 인면독사란 별명을 얻게 된 이후엔 그런 적이 없었다. 그러나 분노와 혼란을 넘어 공포에까지 다다른 감정은 그로 하여금 더 이상 냉혈한으로 남을 수 없게 만들어놓고 있었다.

그렇다. 공포다.

이로써 그가 교단에 구축해 놓은 모든 것이 무너져 내렸다. 아니, 아직 무너져 내린 건 아니지만, 이 상황을 막을 수단을 갖지 못한 이상 결과는 달라지지 않는다.

브뤼스만에겐 아군만큼이나 적이 많았다. 더군다나 그의 아군이란 대부분 [지배의 권능]으로, 스킬의 힘으로 억지로 끌어들인 경우가 대부분이었다. 줄리아 시저처럼 스킬의 힘 없이도 그를 따르는 자는 매우 소수다.

원래 많은 적에, 아군에서 적으로 돌아선 자들. 이미 손가락으로 꼽을 수 있는 숫자는 예전에 넘겼다. 브뤼스만은 실로 오랜만에 생명의 위협이란 걸 느꼈다.

"후욱, 허억. 흐으윽……!"

브뤼스만 정도의 실력자가 고작 오두막 하나 때려 부쉈다고 지칠 리 없다. 그럼에도 불구하고 그는 어깨로 숨을 몰아쉬고 있었다. 정신적인 고통이 그를 막다른 곳으로 몰아붙이고 있는 탓이었다.

"아니, 아니, 아니, 아니."

브뤼스만은 여러 번 고개를 내저었다.

"아직 끝나지 않았어."

분노와 혼란, 공포의 끝에 내려앉은 허탈함이 그에게 냉정을 되돌려 주었다.

"아무것도 끝난 건 없어."

적어도 브뤼스만으로서의 그는 모든 것이 끝난 것이 맞았다. 그럼에도 불구하고 그는 고개를 저었다. 오히려 홀가분한 듯 미소를 지었다.

마치 해탈한 승려처럼.

Chapter 4

　추모식에는 당연히 희생자들의 가족들도 초청되어 있었고, 군중은 그들에 대한 연민을 지닌 상태다. 그런 상태에서 사실 희생자들은 죽지 않았고, 그들을 죽이려 든 게 브뤼스만과 그 계파였다는 진실 앞에서 군중이 분노하지 않았다면 상황은 꽤 절망적이었을 것이다.

　내가 작게나마 품고 있던 불안은 현실화되지 않았다. 군중은 응당 터뜨려야 할 분노를 터뜨렸다. 이 와중에 경찰의 수뇌부는 잘못된 선택을 했다. 군중의 분노를 억누르려 했던 경찰들은 분노의 파도에 잡아먹혔다. 아니, 곧 그들 또한 파도의 일부가 되었다.

군중은 곧장 진격했다. 의사당으로, 정부 청사로, 그리고 대성당으로.

군대는 그들을 막지 않았다. 왜냐하면 이미 나와 크루세이더들이 그들을 제압했기 때문이다. 일어날 수도 있었던 유혈사태는 일어나지 않았다. 그다지 평화롭지는 않았지만, 군중의 분노는 교단의 체제를 전복시키는 데 성공했다.

총통이 군중 앞에 끌려 나와, 자신의 배후에 브뤼스만이 있었고 자신에게 [지배의 권능]이 걸려 있었음을 눈물과 함께 실토했다.

[지배의 권능]에 걸려 있던 의원들은 여러 나에 의해 스킬의 영향에서 풀려났고, 그들 또한 브뤼스만에 대한 증언을 했다.

의외였던 건 그중에 줄리아 시저의 모습도 있었다는 거였다.

"저는 브뤼스만의 수양딸이었습니다."

줄리아는 담담히 입을 열었다. 브뤼스만이 자신을 이용해 어떤 일을 하려고 했었는지, 그것은 그대로 그녀 자신의 치부였음에도 그녀는 망설임 없이 모든 것을 밝혔다.

카이사르 계획.

계획적으로 전쟁을 설계하고 줄리아를 그 전쟁에서 영웅으로 만들어낸 후, 그 위명을 이용해 독재관으로 취임시키려던 음모. 그렇게 줄리아가 독재관이 되고 나면, 브뤼스만이 그녀를 꼭두각시로 부려 교단을 마음대로 좌지우지하려 한 사악한 의도가 백일하에 드러났다.

그야말로 희대의 스캔들이었다. 교단의 권력이 교단 밖에 있는 자의 것임이 드러났으니, 충격적이지 않을 리가 없었다. 더욱이 헌법을 무너뜨리고 교단을 독재정권으로 되돌리려는 시도는 교단 시민들의 상식으로는 용납이 안 되는 수준에 이르러 있었다.

브뤼스만에게 돈과 권력, 그리고 힘으로 무릎 꿇고 그 줄에 선을 댔던 자들은 추락했다.

군중들의 감시하에 연일 교단 감찰단과 검찰이 완전히 공개된 상태로 일을 진행했다. 연일 재판이 열렸고, 브뤼스만의 세력은 풍선에 바람 빠지듯 쪼그라들었다.

역사 앞에 당당할 자는 드물었다. 설령 브뤼스만의 세력하에 있었던, 혹은 그 파벌에 줄을 댔던 자라도 감히 진실을 왜곡해서까지 죄인들을 감싸려 들지 않았다.

더욱이 결정적인 증거가 익명으로 제공되었다. 이제 와서는 의외임도 아무것도 아니게, 익명의 제공자란 건 다름도 아니라 카자크였다.

카자크가 제공한 자료로 인해 '신 가나안 계획'의 실체와 크루세이더 12군단이 어떻게 희생되었는지, 마지막으로 크루세이더 함대에 강력한 폭발물이 어떻게 설치되고 가동되었는지 전부 밝혀졌다. '카이사르 계획' 또한 추진된 흔적이 명백했다.

브뤼스만과 그 일파가 저지른 모든 부정과 부패는 백일하에 드러났고, 상황을 뒤엎을 수단은 전무했다.

기득권은 무너졌다. 브뤼스만의 세력이 너무 커 정부 조각을 다시 해야 할 판이었고, 의원들의 보궐선거 또한 사상 최고 규모로 이뤄질 판이었다. 그에 따라 교단의 행정력은 잠시간 마비되었으나, 치안과 방위를 내가 끌고온 크루세이더들이 떠맡았다.

모든 일은 순식간에 일어났다. 작전을 짠 나와 크루세이더 군단장들조차 예견치 못한 빠른 속도로 사태는 굴러가 사전에 짠 작전과는 상관없는 형태로 완성되었다.

쿠데타는 없었다.

대신 혁명이 그 자리에 있었다.

*   *   *

[세계혁명가 전직 퀘스트 3]

―종류: 혁명

―난이도: 불가능

―임무 내용: 점령당한 세계를 해방, 혹은 혁명. (완료!)

―보상: [세계혁명가]로의 전직

  아무래도 세계의 혁명이라는 전직 퀘스트 과제는 꼭 내가
주축이 되어 성립시킬 필요는 없었던 것 같다. 실제로 혁명을
실행한 건 교단의 군중들이었으니 말이다. 난 한 게 아무것도
없는데 퀘스트 조건을 달성하고 보니 이득 본 느낌 반, 좀 켕
기는 느낌 반이다.

  ―[세계혁명가]로 전직하시겠습니까?

  그렇다고 히든 2차로의 전직을 거절할 나도 아니다.
  "전직한다."

이름: 이진혁

종족: 인간

직업: 세계혁명가

레벨: 4

기본 능력치

―근력: 999+

―강건: 999+

―민첩: 999+

―솜씨: 999+

―직감: 999+

추가 능력치

―마력: 999+

―내공: 255

―행운: 999+

―위엄: 255

―매력: 255

세계혁명가가 되고 보니 255에 걸려 있던 능력치 제한이 풀렸다. 아마 히든 2차 전직이라 이렇게 풀린 거겠지. 뭐, 나는 고유 특성으로 한계돌파를 지녀 그 제한 이상으로도 성장 가능한 탓에 능력치 상태창이 저렇지만 말이다.

내공이나 위엄, 매력은 255에 걸려 있었지만 이제부터라도 미배분 능력치를 부어주면 되겠지. 물론 그 작업은 그랑란트로 돌아간 후에 이뤄지겠지만 말이다. 테스카 고유 특성으로 비토리야나와 특성을 공유한 뒤에 뷰티 포인트를 올려야 되니까.

그러고 보니 세계혁명가의 직업 레벨이 전직하자마자 4였는데, 전직 퀘스트를 진행하는 도중에 모았던 경험치가 세계혁명가의 레벨 업에 그대로 반영된 덕택이었다.

"퀘스트 진행하면서 악마들을 되게 많이 죽였는데 레벨이 고작 4? 레벨 업에 경험치 엄청 들어가나 보네."

이럴 줄 알았으면 교단에서의 전투에서 교단 천사들을 좀 죽여둘 걸 그랬나? 하고 나는 실없는 생각을 했다. 만약 그랬다면 일의 진행이 이렇게 온건하게 돌아갈 리 없었음을 잘 알면서 한 생각이었다. 어쩌면 브뤼스만보다 먼저 내가 축출됐을지도 모르지.

"뭐 그건 그렇다 치고."

나는 직업 스킬창을 열었다. 새로운 스킬이 하나 생겨 있었다.

[세계를 혁명하기 위하여!][패시브]

-등급: 세계 상위(World Elite)

-숙련도: 연습 랭크

-설명: 세계를 혁명하기 위한 힘을 모은다.

세계혁명가로 전직하면서 처음으로 얻은 직업 스킬은 이거였다. 그런데 세계급 스킬이네. 직업 스킬로도 세계급 스킬을 얻을 수 있다는 건 이번에 처음 알았다.

설명을 읽어보니 아무래도 악마 사냥꾼 때 처음 얻었던 [악마에 대한 증오]처럼 직업 스킬을 사용하기 위한 자원을 생성하는 스킬인 것처럼 보였다.

그런데 이번에도 설명이 부실해서 무슨 소린지 모르겠다. 뭘 어떻게 해야 힘을 모으는 건지도 모르겠고. 보통 이럴 땐 한 번 써보면 알게 되던데, 이 스킬은 패시브 스킬이라 사용도 안 된다. 정확하게 짚자면 항상 활성화된 상태라고 보는 게 옳은데, 뭐가 바뀐 건지 모르겠으니 원.

전직을 한 실감을 제대로 하려면 아무래도 5레벨 이상을 찍고 본격적인 액티브 스킬을 손에 넣어야 할 것 같았다. 액티브 스킬을 써봐야 뭐가 뭔지 알게 되겠지.

"그러려면 레벨 업을 해야겠군."

나는 조용히 중얼거렸다. 이제 와서 새삼 강조할 것도 아니지만, 레벨 업은 내가 제일 좋아하는 거였다.

*　　　　*　　　　*

줄리아 시저는 교단의 구치소에 갇혀 재판을 기다리는 몸이 되었다. 교단의 여론은 그녀에게 다소 온정적이었으나, 비록 [지배의 권능]에 걸려 있던 상태라 한들 그녀가 저지른 게 있기 때문에 기소는 불가피했다.

"결국 이렇게 되어버렸군요."

면회를 간 내게, 줄리아는 보자마자 인사 대신 그런 말부터 했다. 자조적인 말투였다.

"선처를 받을 수 있을 거야."

위로하기 위해 대충 꺼낸 말이 아니다. 나나 다른 누군가의 영향력이 없이도 줄리아 시저는 선처를 받을 것이다. 카자크의 증언이 브뤼스만을 궁지로 몰아넣었다면, 그녀의 양심선언은 브뤼스만이 재기할 만한 여지를 없애 버렸으니까.

브뤼스만은 줄리아 시저라는 여자 외에도 '카이사르 후보'를 여럿 만들어놓았었다. 브뤼스만에게 부양되고 교육받고 세뇌되어, [지배의 권능]을 받지 않은 상태임에도 브뤼스만을 배신하지 않을 인재들.

만약 줄리아의 증언이 없었더라면, 어쩌면 그들은 이번 사태를 어떻게든 잘 버텨 넘긴 후 교단 안의 독버섯으로 자라나 브뤼스만이 다시금 교단에 개입할 발판을 마련하는 역할을 맡았을 수도 있었다.

그 가능성을 말소한 것만으로도 줄리아의 공은 크다. 그녀는 그녀 스스로의 행동으로 죗값을 얼마간 상쇄해 낸 셈이 된다.

"마음을 돌리게 된 계기가 뭐지?"

나는 문득 줄리아 시저에게 물었다. 내 입장에서 보자면, 그녀는 갑자기 마음을 돌려먹은 것처럼 보였다. 하지만 세상 모든 것이 그렇듯 그녀에게도 계기란 게 있을 터였다.

"…체자레를 죽이지 않으셨더군요."

"체자레? 아, 그 공군 사령관 말인가."

침투전 때 내가 그의 가슴에 진리의 검을 쑤셔 박긴 했지만, 당시에는 그의 이름도 몰랐다. 이름을 알게 된 건 나중 일이었다. 사로잡아 포로로 삼고 이름을 확인할 때 말이다.

"제 동생이에요."

나는 체자레의 성이 시저가 아님을 기억해 냈다. 애초에 줄리아의 시저라는 성도 브뤼스만이 붙여준 거였을 거고. 그렇다는 말은……

"수양 동생이겠군."

체자레 또한 브뤼스만의 양자였을 것이다. 그리고 줄리아 시저의 입에서 나온 '카이사르 계획'의 후보 중 하나였을 테고.

"그렇죠?"

잠깐 침묵이 이어졌다.

"그게 왜?"

"그래서요."

줄리아 시저는 조금 부끄러운 듯 고개를 숙였다.

"당신… 께서는 아무도……. 심지어 체자레조차도 죽이지 않으셨으니까요."

줄리아 시저의 이야기를 요약하자면 이렇다.

줄리아 시저는 사실 나를 브뤼스만에 이은 '다음 폭군'으로 여기고 있었다고 한다. 교단에 침략해 모든 적들을 죽이고 교단의 정점에 오르리라고 그렇게 굳게 믿고 있었다.

작전회의에 참관했음에도 불구하고 그녀가 어째서 그런 근거 없는 믿음을 가지게 된 건지 모르겠지만, 그녀의 머릿속에서는 그렇게 정해져 버린 후 한동안 변함이 없었다고 한다.

그런데 실제로 작전이 실행되고, 나를 비롯해 내가 이끄는 크루세이더들이 교전 중에 그 누구도 죽이지 않는 것을 보자 자신이 잘못 생각했다는 걸 깨닫게 되었다고 그녀는 말했다. 그제야 내가 브뤼스만과는 전혀 다른 인간이라고, 믿을 수 있는 사람이라 여기게 되었다고.

"넌 브뤼스만을 좋아하던 거 아니었나?"

"좋아했던 적 없어요."

새빨간 거짓말이다. 굳이 [거짓 간파의 권능]을 켜보지 않더라도 훤히 알 수 있는 사실이었다. 그녀가 [유혹의 권능]에 걸렸을 때, 내게 요구했던 역할이 아버지 비슷한 거였다는 점에서 쉬이 알 수 있다.

설령 브뤼스만을 좋아하진 않았더라도, 적어도 그녀는 중증의 파더 콤플렉스였다. 아니, 그리스 신화에서 기원한 다른 단어가 있었던 것 같은데. 기억이 안 나니 그냥 묻어두자.

좌우지간 그녀가 그런 경향을 갖게 된 건 그녀의 탓이 아니다. 브뤼스만의 오랜 시간에 걸친 세뇌에 가까운 학습의 결과물일 테니까. 그런 의미에서 보자면 도리어 약간의 측은함마저 느껴졌다.

*　　　　*　　　　*

뭐, 강한 부정은 강한 긍정을 의미한다고도 하지 않는가. 그냥 그런 거겠지.

"흐응, 그렇구나."

그래서 내가 고른 반응은 이거였다.

"…왜요?"

줄리아 시저는 심기가 불편해진 듯 날 올려다보았다.

"뭐가?"

"뭐가요?"

"뭐, 됐어."

나는 픽 웃었다.

"…바로 그런 점이에요!"

얼굴을 새빨갛게 물들인 채, 줄리아 시저는 소리를 빽 질렀
다.

"이번에야말로 진짜로, 뭐가?"

"절, 절 그런 눈으로 보지 말아주세요."

"내가 무슨 눈으로 널 보는데?"

"어린 여자애를 보듯이 보잖아요!"

내 연민의 시선이 그렇게 보였나.

"그럼 나더러 어쩌라고?"

"저, 저도 성인 여성이에요! 그러니까 저도……!"

그러다 갑자기 허둥대며 손을 내저었다.

"아뇨, 그런 게 아니라 제 말뜻은……. …뭐, 그건 상관없나
요."

내가 영문을 모른 채 멍하니 바라보고 있으려니, 줄리아 시
저는 한숨을 내쉬며 그렇게 말을 맺었다. 듣는 입장에선 답답
하고 불쾌한 맺음이었기에, 나는 해설을 종용했다.

"뭐야, 말해."

"됐어요. 해봐야 의미도 없는 말이니. 그, 그보다……."

줄리아는 갑자기 얼굴을 붉히더니, 나에게서 시선을 피했다.

"…제가 잘해낸 거라면, 칭찬이나 해주세요."

뭐야, 성인 여성 취급해 달라고 했다가 갑자기 칭찬을 요구하다니. 나는 영문을 알 수 없는 행동을 하는 그녀를 흘겨보았다. 그녀는 내게 쓰다듬직한 머리통을 내밀고 있었다.

아.

나는 잠깐 망설였다. 그녀가 내게 바라는 것이 무엇인지, 뒤늦게나마 지금 깨달았기 때문이다. 그러나 나는 내 뇌를 간질거린 쓸데없는 생각을 끊어내고, 직관적으로 움직이기로 했다.

"그래, …잘했다."

잘한 일이니, 잘했다고 하면 된다.

그거면 되는 거였으니.

*　　　*　　　*

교단에서 일어난 변화의 물결은 곧 교단 외부에도 영향을 미쳤다. 지금까지 주도권을 쥐고 정세를 주물럭거리던 브뤼스만의 세력들이 모조리 축출당하면서, 그들 매파는 힘을 잃고 대안 세력인 비둘기파가 정권을 손에 넣었으니 당연한 귀결이었다.

새롭게 교단의 주축이 된 그들이 가장 먼저 한 일은 바로 내 이름을 교단의 적 리스트에서 빼주는 것이었다. 나, 이진혁이 교단을 도와 크루세이더들을 완전무결한 승리로 이끌고 심지어 그 목숨까지도 구했으니 더 이상 적대시할 이유가 없다는 것이 그 논리였다.

내가 교단의 적 리스트에서 빠졌으므로, 내 소속인 인류연맹 또한 자연히 교단의 적이 아니게 되었다.

그렇다고 바로 종전 선언이 이뤄지지는 않았는데, 이번 사태에서도 실질적인 교전은 한 번도 일어나지 않았다지만 그전에도 교단과 인류연맹은 굉장히 오랫동안 전쟁을 치러온 사이였기 때문이다.

교단과 인류연맹은 이번 일을 계기로 휴전 조약을 맺기로 한 모양이었다. 점진적이지만 관계 개선에 나선 셈이 되는 것이다.

이건 내가 생각했던 것보다 훨씬 대단한 일이었다. 신진 세력이자 약소 세력인 인류연맹이 평화로운 형태로 외교사에 이름을 남기는 첫 사례였기 때문이다.

교단의 전쟁 압력에서 벗어난 인류연맹은 이 일을 기쁘게 받아들였다. 아니, 기쁘게 받아들였다는 건 그냥 외교적 수사에 지나지 않았고, 실제로는 기뻐 날뛰었다. 이건 내 표현이 아니라 크리스티나가 사용한 표현이었다.

*　　　*　　　*

　―진짜라고요! 인류연맹은 지금 축제 분위기예요!!

　"응, 뭐. 그렇더라."

　실제로 휴전 조약의 서명을 위해 교단으로 파견된 인류연맹의 외교관은 나를 보자마자 춤추듯 내게 날아와 내 손을 양손으로 잡고 허리까지 굽히며 인사했을 정도였다. 머리가 희끗한 점잖은 인상의 신사한테 그런 인사를 받는 건, 음, 좀, 그랬다.

　굳이 예를 들어 말해 보자면 미국과 평화무드에 들어가게 됐을 때 북한의 분위기가 그랬을까. 아니, 잘은 모르지만. 기억도 잘 안 나지만. 뭐 아무튼 이해는 간다. 세계의 패권을 쥔 상대와 적대적인 관계를 쌓아가는 건 인류연맹의 구성원에게 있어 상당한 피로를 야기했을 것이다.

　그래도 자존심 때문에라도 대놓고 기뻐하지는 않을 줄 알았는데, 내가 생각했던 것보다 연맹이 받았던 압박이 컸던 모양이었다.

―지금 연맹에서 대영웅님은 대영웅을 넘어 국가영웅으로 떠올랐어요! 역사적인 인물로 이미 교과서에 실렸다고요!!

아니, 연맹은 국가가 아니지 않니? 그보다 교과서? 벌써? 태클을 걸고 싶은 점은 많았으나, 크리스티나가 지나치게 흥분한 상태라 짚고 넘어가기도 좀 그랬다.

―상원의 꼰대들, 아니, 아니지. 높으신 분들도 대영웅님을 국가영웅으로 올리는 데 이견이 없을 정도니까요. 만장일치에 가까울 정도라니까요?

"꼰대들?"

―…굳이 짚고 넘어가셔야 했나요?

하하하.

"아무튼 그래서? 내 보상은?"

나는 하늘을 우러러 부끄러움 한 점 없이 뻔뻔하게 요구했다. 그야 그렇지. 내겐 그럴 만한 자격이 있으니까. 크리스티나도 나의 뻔뻔함을 당연히 받아들이며 고개를 끄덕였다.

―그건 지금부터 회의를 해야 하지만, 아마 기대하셔도 좋을 것 같아요. 교단과의 전쟁을 대비해 축적해 놓은 물자를 보상용으로 내놓을 수 있을 테니까요.

엣헴, 하고 잘난 척하며 그런 소릴 하다가 문득 너무 크게 지른 것 같은지 갑자기 어깨를 좁히며 이렇게 이어 말하긴 했지만 말이다.

—아, 아아. 아무리 그래도 너무 크게 기대하시면 안 돼요? 교단에 비하면 인류연맹은 정말 작은 세력이니까요.

그걸 이제 와서 네 입으로 실토하게 되는구나. 이제는 허세를 떨 필요도 없어진 탓이겠지.

표정만 봐도 알 수 있듯, 크리스티나는 정말로 한시름 놓은 것처럼 보였다.

"그럼 기다리지. 일주일?"

—아마 그 정도 걸릴 것 같아요!

늘 이 정도 걸렸으니 뭐. 이것도 이골이 났다.

"그래, 다녀와."

—넵! 국가영웅님!

내 호칭이 벌써 바뀐 거야?

*　　　　*　　　　*

그렇다고 교단이 모든 전쟁을 그만둔 건 아니었다. 이미 전면전에서 승리를 거둔 만마전과의 전쟁을 이대로 종전 선언만하고 끝낼 리는 없었다.

"당연히 우린 계속 싸울 겁니다. 승리한 전쟁에서 굳이 먼저 발을 뺄 필요는 없으니까 말입니다. 놈들이 항복할 때까지 전쟁은 이어질 겁니다."

잭 제이콥스가 내게 말했다. 나는 그에게 불퉁한 시선을 돌렸다.

"그야 그렇겠지, 교단 임시 총통."

그랬다. 눈앞의 이 남자가 교단의 임시총통이 되어 있었다. 가장 연장자이자 계급이 높은 제3군단장이 아니라 잭 제이콥스가 이 무거운 자리를 받아들게 된 건 다른 이유가 아니라 그저 그가 추모식의 연단에 올랐기 때문이었다.

대중의 인기란 건 정말 무서운 거였다!

"임시라곤 하나 교단의 통치자인 네가 외부인인 내게 높임말을 하는 건 교단 시민들에 대한 무례로 이어지지 않을까?"

내가 조금은 삐딱하게 지적했음에도 불구하고, 잭 제이콥스는 전혀 기분이 상하지 않은 듯 빙긋 웃으며 이렇게 말했다.

"당신은 제 은인입니다. 더불어 교단의 은인이기도 하지요. 그런 당신께 높임말을 쓰는 것을 부끄러워 할 이유는 어디에도 없습니다."

이래서야 반말을 강요할 수도 없다. 하긴 굳이 반말을 들어야 할 이유도 없고 말이다.

쳇, 마음대로 하라지.

"그래서? 브뤼스만은? 발견했어?"

지금 당장 교단의 주적이 누구냐고 물어보면 교단의 시민 50% 이상이 브뤼스만이라 대답할 것이다. 아직까지도 전쟁을 치르고 있는 상대 세력인 만마전과 악마들이 아니다. 우선순위를 따지자면 브뤼스만 쪽에 무게추가 얹어질 수밖에 없었다.

그야 그렇다. 이 난리의 사실상 근본적인 원인 제공자이자 교단 내 부패 세력인 '신 네오콘'의 중요 배후다. 최소한 놈을 구속해 철창에라도 처넣지 않는 한 교단의 시민들은 절대 만족하지 못할 것이다.

그러나 잭 제이콥스의 그다지 밝지 않은, 굳은 표정만 봐도 알 수 있는 일이지만 교단은 브뤼스만의 확보에 실패했다.

브뤼스만의 소굴이 어딘지 아는 자는 극히 드물었으나, 없는 건 아니었다. 다른 사람도 아니고 바로 그 배신 성애자 카자크가 그 사례에 속했다. 카자크의 증언에 따라 즉시 교단의 병력이 '오두막'으로 향했지만, 남아 있는 것은 폐허가 된 오두막뿐이었다고 한다.

"장소의 기억은 물론 스킬 흔적도 모조리 지워놓고 가버렸다고 합니다. 지박령이고 정령이고 아무것도 없어서 정보를 얻을 수도 없었고요. 아무래도 도망치는 데에는 이골이 난 녀석인 모양이에요."

잭 제이콥스는 난감한 듯 말했다. 교단에도 추적 스킬 사용자가 많지만, 추적을 하기 위해서는 최소한도의 힌트가 필요한데 그걸 싹 다 지우고 떠났다고 하니 난감해할 만도 했다.

 아무리 브뤼스만이 지금은 교단에 대한 영향력을 잃어버렸다 하더라도 놈은 그냥 무시하고 내버려 둬서 좋을 대상이 아니었다. 또 어디서 누구한테 [지배의 권능]을 걸고 지배해 끈을 드리워 교단이든 다른 세력이든 파먹을지 모르니, 최대한 빨리 찾아내 처치할 필요가 있었다.

 "그래도 놈이 잡히는 건 시간문제입니다. 놈은 흔적을 남기지 않았어도, 놈이 만난 다른 누군가의 흔적을 따라가면 반드시 꼬리가 나올 테니까요."

 뭐, 브뤼스만 놈을 찾아 말살하는 건 교단에게 맡겨도 상관없어 보였다. 숨어둔 놈을 찾아내는 것에 딱히 어떤 효과적인 수단을 갖고 있는 건 아니니. 내가 나서봐야 별 의미가 없다. 오히려 교단 쪽이 더 잘해내겠지.

 나는 또 나대로 할 일이 있고.

　　　　　　*　　　　　*　　　　　*

 "브뤼스만 님을 배신하면서 일생에 더 느낄 수 없을 정도로 큰 쾌락을 느꼈지만, 그것도 여기까지로군요. 아쉽습니다. 아아, 아쉬울 따름입니다."

카자크는 그렇게 말했다. 자세한 설명을 요구하지는 않았지만, 아무래도 대상이 완전히 적이 되어버리면 더 이상 '배신'할수 없게 되는 모양이었다. 하긴 그렇겠지.

그 말인즉슨, 브뤼스만은 이미 카자크가 자신을 배신했음을 인지했고 적대시하기 시작했다는 뜻이다.

하긴 방송으로 카자크 목소리까지 다 나갔는데 모르려야모를 수가 없다. 더욱이 카자크 본인이 브뤼스만의 배신감을 캐치하고 극상의 쾌락을 느꼈다고 하니. 이건 모르고 싶었지만, 아무튼. 당연하다면 당연한 귀결이다.

"이렇게 된 이상 제게 [지배의 권능]은 족쇄밖에 안 되는군요. 이진혁 님, 무례가 안 된다면 혹시 해제를 부탁드려도 되겠습니까?"

"그러지."

나는 쾌히 놈의 부탁을 들어주었다. 물론 공짜는 아니었다. [신산귀모]를 통해 놈이 남겨두었던 다른 스킬들도 쓸어모았으니 말이다.

"안젤라가 널 죽이고 싶어 하던데, 목숨 하나만 넘겨주면안 될까?"

나는 장난삼아 추가로 그렇게 요구했다. 딱히 진지하게 한 소리는 아니었으나, 카자크는 손뼉마저 짝 치며 내게 대답했다.

"그 정도야 언제든 가능합죠! 마침 이때를 위해 [1UP 코인]을 하나 남겨두었으니 말입니다."

나는 이놈 상대로 장난을 치는 건 이번을 마지막으로 하자고 마음먹으며 고개를 저었다.

"아, 역시 됐어. 그러다 안젤라의 기대를 배신할 것 같거든."

"정말 날카로우십니다. 아마도 제 옛 동료는 제가 쾌히 목을 내밀리라곤 기대하고 있지 않을 테니까요."

배신 성애자로서의 후각이 그렇게 말해주고 있는 거겠지. 이쪽으로서도 괜히 뒷맛만 나빠질 게 빤한 이벤트는 스킵하는 게 옳은 판단이리라.

　　　　*　　　　　*　　　　　*

"아, 이건 서비스야."

나는 비토리아나가 놈에게 걸어두었던 [유혹의 권능]도 해제해 놨다. 놈과는 최대한 관계를 끊어놓는 게 좋았다. 또 무슨 계기로 이상한 배신욕을 느껴 우리 일행에 수작을 걸어올지 모르니 말이다.

"오, 아쉽게도. 하지만 감사드리는 게 맞겠죠. 감사드립니다."

뻔뻔하게 고마움을 표시하는 놈에게, 나는 다시 내 앞에 나타나면 기아스를 풀어버리겠다고 으름장을 놓으려다 말았다. 이 '기대'를 '배신'할 수도 있으니, 그냥 입 다무는 게 맞겠지. 그런 생각을 하는 나에게, 카자크는 이렇게 선언했다.

"오늘은 여기까지지만, 언젠가 다시 만나게 될 겁니다. '기대'하면서 기다려 주십시오."

나는 이것이 카자크 나름의 마지막 인사임을 깨닫고 파안대소했다.

한참을 웃고난 뒤에, 나는 정색하지 않을 수 없었다.

"역시 널 이대로 두면 안 되겠어."

카자크가 깨닫기도 전에, 나는 바로 스킬을 사용했다.

"네가 벌인 일도 있으니 그냥 두는 것도 괜찮겠다고 생각했지만, 지금 걸로 확신했어. 널 이대로 두긴 너무……."

사용한 스킬은 [신산귀모], 스킬 사용 목적은…….

"찜찜해."

[기아스]의 해제.

"큭, 끄아아악!"

카자크는 비명을 질렀다. 아니, 스킬 해제해 준 게 아플 리는 없을 텐데?

"어, 어째서?! 어째서 제게 이런 시련을!!"

시련인 거냐! 하긴 그렇게 느낄 만도 하겠다. 이 카자크란 남자는 브뤼스만에게서도 배신욕을 강탈당하고 [지배의 권능]에 마저 걸렸음에도 놈을 배신하고 내게 기아스를 다시 걸어주길 부탁할 정도로… 그 뭐냐.

변태였으니까.

날 원망스러운 듯 바라보는 카자크를 보며, 나는 씨익 웃어 주었다.

카자크를 [배신해]라는 기아스를 건 채 내버려 둔다면, 본인은 행복을 느낄지 몰라도 그 여생이 행복할 리는 없었다. 이번에는 그 배신의 대상이 브뤼스만이어서 잘 풀렸지만, 언제든 그럴 순 없다. 그 끝은 틀림없이 파멸이리라.

그렇다고 그냥 기아스를 푼 채로 내버려 둔다면, 그건 카자크에게 있어서 그보다 큰 불행은 없으리라. 이 남자는 이미 배신욕이라는 감정을 느꼈다. 배신으로 인해 더 이상 쾌락을 얻지 못하게 된다고 하더라도 계속해서 편집증적으로 배신을 계속하다 파멸로 향할 것이다.

행복한 파멸이냐, 불행한 파멸이냐. 이 남자의 미래에는 이 둘밖에 남지 않은 듯 보였다.

그러나 세 번째 답이 있었다.

"이러려고."

[기아스]

이렇게 하면 된다.

"[배신하지 마]."

내가 걸어준 새로운 [기아스]의 내용에 한동안 멀거니 있던 카자크는 한 번 고개를 갸웃거리더니 내게 선언했다.

"알겠습니다. 저는 당신을 배신하지 않겠습니다."

나는 조금 긴장했다. 카자크가 비토리아냐처럼 되어버리는 게 아닌지 걱정됐기 때문이다. 그러나 카자크는 부드러운 미소를 지으며 이렇게 말했다.

"이거 좋군요."

내게도 카자크에게도 다행하게도, 결자해지는 통한 것 같았다.

＊   ＊   ＊

나는 한동안 교단에 머물렀다.

교단의 고위직들에 걸린 [지배의 권능]은 대부분 해제했지만, 교단의 모든 이들이 브뤼스만의 영향에서 벗어났다고 확신하긴 힘들었다. 물론 교단에도 나름대로의 대책이 있긴 했지만, 기존에 쓰던 방법은 아무래도 신뢰성이 떨어지는 모양인지 내 [신산귀모]에 꽤 의존해 왔다.

그렇다고 나만 믿고 모든 걸 맡긴 건 또 아니지만 말이다. 교단의 인원들도 그들 나름대로 노력했다. 거름망이 하나인 것보다는 둘인 게 더 낫다는 개념이라고 받아들이면 될 것이다.

당연한 이야기지만, 내가 공짜로 봉사한 건 아니다. [신산귀모]로 대상의 스킬을 받아 챙기는 건 기본 중의 기본이었고, 건마다 일정량의 교단 금화와 기여도를 받았다. 이 교단 금화와 기여도로 교단의 자원이나 아이템 등을 교환해 준다고 하니, 나도 열심히 일했다.

그렇게 열심히 기여도를 어느 정도 모은 후, 나는 진은제 아이템과 교환하려고 교단 교환소로 갔다.

"어서 오십시오. 무엇을 도와드릴까요?"

교환소 직원은 아저씨였다. 나이는 30대 후반에서 40대 초반, 멋들어진 수염을 기른 댄디한 중년 아저씨. 물론 여긴 교단인 만큼 교환소 직원도 천사였고, 실제 나이가 어떤지는 모른다. 그저 겉으로 보기에 그랬다는 소리였다.

"기여도를 보상품과 교환하고 싶어서 왔거든요."

나는 그렇게 말하면서 내 상태창의 교단 기여도 항목을 공개로 돌렸다.

"어디 봅시다……. 흠, 흠. …어?!"

교환소 직원의 목소리가 뒤집혔다. 뭐가 잘못됐나 싶어서 봤더니, 갑자기 교환소 직원이 떨리는 목소리로 내게 이렇게 물었다.

"이진혁 씨?! 그 이진혁 씨 맞습니까?"

그 이진혁? 그게 무슨 이진혁인데? 잘 모르겠지만, 나는 일단 고개를 끄덕였다. 내 이름이 이진혁인 건 사실이니까. 그러자 아저씨가 카운터에서 튀어나와 내 손을 붙잡고 마구 흔들어대는 게 아닌가?

"교단의 영웅을 만나 뵙게 되어 영광입니다! 사인 한 장만 해주실 수 없을까요?"

붉게 상기된 얼굴로 그렇게 요구하는데, 나로서도 거절하기 힘들었다. 그렇게 사인을 세 장쯤 해주고 다양한 각도에서 사진을 찍은 후 다시 한번 악수를 하고 교환소 직원이 기뻐서 몸부림을 치는 걸 감상한 후에나 나는 교환거래에 임할 수 있게 되었다.

"이진혁 씨께선 교단의 영웅이시기 때문에 50% 할인이 적용됩니다! 당연한 일이죠!!"

실컷 하고 싶은 걸 해서 흥분이 가라앉았을 텐데도, 교환소 직원의 목소리는 여전히 들떠 있었다. 그건 그렇다 치고, 50% 할인? 처음 듣는 이야기다.

"아, 교환소 이용이 처음이셨군요! 그럼 제가 말씀드리겠습니다. 원래대로라면 관공서나 은행에 찾아가셨을 때 안내를 받으실 수 있는 사항이지만, 제가 영웅님께 직접 그 혜택을 설명해 드리는 영광스러운 기회를 놓칠 수 없죠."

교환소 직원 아저씨는 내 표정을 보고 눈치 빠르게 입을 열었다.

"이진혁 씨의 경우는 최고위 영웅이시기 때문에 우선 말씀드렸다시피 기여도 교환소의 모든 교환거래에 50% 할인 혜택을 받으실 수가 있고요……."

교환소 직원은 입에서 침까지 튀겨가며 열정적으로 내가 받을 수 있는 혜택에 대해 설명해 주었다. 요약해 주면 다음과 같았다.

─교단 기여도 교환소 교환 제한 없음, 모든 교환에 할인율 50%

─교단 공공 거래소 고객 등급 및 신용도 최상급 대우, 거래 시 수수료 무료, 거래 가격의 30%를 교단 측에서 부담

─교단 중앙은행에서 엑스트라 골드 등급으로 대우, 100년간 무이자 대출 (교단 금화 백만 개까지). 다른 세계의 금화로 환

전 시 수수료 무료

　―교단에서 운영하는 각 세계의 호텔 숙박비 무료

　―교단에서 운영하는 포탈 및 모든 공공 이동 수단 무료

등등……

열거하다 보니 요약이 안 된다. 아무튼 뭐가 많았다.

인류연맹과 달리 그 혜택이 사회적 보장에 집중되어 있고, 교단에 머무르며 그 혜택을 제대로 뽑아먹으면 되게 편하게 살 수 있을 것 같았다.

"정말 부럽네요! 물론 이진혁 씨께서 우리 교단을 위해 해 주신 일을 생각하자면 이것마저도 부족할 테지만요. 아, 그러고 보니 이 설명을 제게 처음 들으시는 거라면 일단 기여도 교환 거래는 뒤로 미루고 은행에 한번 들러보시는 게 좋을 겁니다."

"왜죠?"

"영웅의 위격을 올릴 때마다 수령하실 수 있는 보상을 은행에서 지급해 주거든요. 관공서에 가서서 확인해 보셔도 되지만, 관공서에서도 보상 수령은 은행에서 하시라고 안내해 줄 겁니다."

아니, 혜택뿐만 아니라 일시불 보상도 따로 있었던 거야?

"그 보상이란 게 얼마나 되나요?"

"거기까지는 저도 잘……. 죄송합니다."

아저씨가 면목 없다는 듯 고개를 숙였다.

"아니요, 알려주셔서 감사합니다."

"그럼 은행에 다녀오시죠. 저는 그동안 준비를 할 테니까요."

"무슨 준비요?"

"아, 제 딸을 이진혁 씨에게 보여드리려고요."

은행에서 보상을 수령한 다음엔 다른 교환소를 찾아봐야겠다. 나는 그렇게 굳게 마음먹었다.

*　　　*　　　*

교단 중앙은행 본점.

"꺄아아아아아악!"

여성의 비명 소리가 은행을 쩌렁쩌렁하니 울렸다.

뭐, 위급한 사건이 벌어진 건 아니다. 교환소에서 안내받은 보상을 수령하려 은행에 들렀고, 내 앞의 은행원에게 신분 증명을 위해 상태창을 공개했다.

"이진혁 씨! 교단의 영웅! 진짜 맞아요?!"

교환소 아저씨만 유독 날 좋아하는 줄 알았더니, 은행원도 같은 부류였던 모양이다.

"네, 맞습니다."

쓴웃음을 지으며 약간은 쑥스러운 긍정의 대답을 돌려주자, 겉보기엔 얌전해 보였던 은행원 아가씨는 은행 강도처럼 터프하게 창구를 뛰어넘어 왔다. 그리고 이렇게 요구했다.

"포옹해 주세요!"

그다음에는 거래소에서 한 것의 반복이었다. 악수하고 사인하고 사진 찍고 다시 악수하고 또 한 번 포옹해 달라고 해서 포옹해 주고.

그나마 엑스트라 골드 등급이라 따로 마련된 2층의 전용 창구로 안내되어 망정이지, 만약 이 난리를 은행 로비에서 했다간 무슨 곤욕을 치렀을지.

"그런데 다른 사람들은 잘 못 알아보던데."

길거리 다니면서 악수나 사인, 사진 등을 요청받은 기억은 없는데, 꼭 거래소 직원과 은행원만 이러는 이유가 뭔지 궁금해서 물어봤더니 이 여자가 웃으면서 이렇게 설명해 줬다.

"외모만 보고 알아볼 수가 없어서 그래요!"

설명을 들었는데 이해가 안 되어 다시 물어봤더니 이런 사정이 있었다.

지금 교단에선 내 얼굴이 유행이라, 내 얼굴로 성형하고 돌아다니는 사람이 잔뜩 생겼단다. 그래서 신분을 확인하는 절차 없이 얼굴만 보곤 내가 진짜 이진혁이라고 확신을 못

한다고.

…스킬 덕에 성형이 쉽고 간단해지다 보니 이런 부작용도 생기는구나. 그러고 보니 교환소 직원도 내 상태창을 보고서 야 표정이 바뀌었었지.

아니, 그보다 내 얼굴이 유행이라는 게 무슨 소리야? 내 얼굴 하고 돌아다니는 놈들이 그렇게 많은가? 하고 나중에 거리에 나가보니 진짜 많았다. 인지하기 전엔 몰랐는데. 세 상에는 모르는 게 더 나은 사실이 많다는 걸 다시금 깨달았 다.

뭐, 이건 나중 이야기고.

"이진혁 씨께서는 바로 최고위 영웅이 되셨기 때문에 하위 의 보상도 소급해서 수령하실 수 있어요. 그래서 수령하실 수 있는 기여도와 금화는 각각 5,147만 포인트와 5,147만 개네 요."

"네? 헉!"

갑자기 부자가 됐네?

그간 열심히 [신산귀모]를 쓰고 다녔던 게 바보 같아질 정 도의 교단 금화와 교단 기여도가 갑자기 생겼다.

참고로 내가 한 번 [신산귀모]를 쓸 때마다 받았던 교단 금 화가 천 개, 기여도는 1,000포인트였다. 물론 이것도 충분히 괜찮은 보수였다. 현시점 환율 기준으로 볼 때 교단 금화 백개로 인류연맹 금화 1,120개를 교환할 수 있으니까.

이제는 거의 의미 없는 비교지만, 지구의 21세기 한국 기준으로 [신산귀모] 한 번 쓸 때마다 1억 원씩 버는 거나 다름없다는 소리다. 그걸 천 번 가까이 했으니, 내가 생각해도 알알이 잘 모았다.

그런데 이번에 받은 보상을 같은 기준으로 환산해 보면, 갑자기 5조대의 자산을 지닌 거부가 되었다는 말이 된다.

잭 제이콥스, 이 사실을 일부러 내게 알리지 않은 거냐! 이걸 미리 알려줬어도 난 그냥 무료 봉사라도 했을 텐데! …스킬을 얻기 위해서라도!

"조금도 부담스러워 하실 필요가 없습니다. 이진혁 씨가 교단을 위해 해주신 일은 이보다도 더 가치 있으니까요. 새삼스럽게나마 이진혁 씨의 헌신에 교단을 대표해 감사드립니다."

은행원은 대단히 사무적으로 그렇게 늘어놓았다. 아마도 영웅 보상 수령을 할 때 하도록 정해진 멘트겠지. 미리 연습한 티가 났다. 문제는 그다음 이어진 말이었다.

"그리고 저랑 결혼해 주세요!"

"아, 저 그런 취향은 없어서요."

당연하지만 은행원 아가씨도 종족은 천사였다. 내 감정도 신체도 조금도 반응하지 않는 대상이었다.

내 대답을 들은 은행원 아가씨는 불쾌해하기는커녕, 영웅에게 차였다고 좋아했다.

뭐가 그렇게 좋은 건진 모르겠지만 기쁘다니 다행이군, 그래.

Chapter 5

　모으는 건 어려워도 쓰는 건 금방이다. 이런 말이 있지만 내게는 통용되지 않는 말이다. 왜냐면 금방 모았으니까. 그러니 내게 적용하려면 이렇게 말해야 한다.

　쉽게 번 돈은 쉽게 나간다.

　5,000만 개에 달하는 금화를 쉽게 쓸 일이 없다고 생각했지만, 쓰자고 마음먹었더니 금방이었다. 거래소에 나온 스킬들을 싹 쓸어 모아 전설급 미만을 드르륵 갈아버렸더니 벌써 반이 훅 날아갔다.

　이걸로도 만족을 못 하고 다른 데서 못 사는 교단 한정 특별 등급 스킬들을 사 모으기 시작했더니 그렇게 많았던 통장의 자릿수가 줄어드는 것도 금방이었다.

기여도 쪽도 마찬가지였다. 전략물자라 기여도로밖에 못 사는 전함의 무장에 손대기 시작했더니 5,000만 정도 훅 날아가는 건 그리 오래 걸리는 일도 아니었다.

아무래도 고급품일수록 골동품 느낌이 강했던 인류연맹의 상점에서는 볼 수 없었던, 최신 기술이 적용된 미사일 연사포나 기관포, 레이저 총 등을 보니 눈이 막 돌아갔다.

여기에 교단 특산물인 진은제 아이템들을 추가로 좀 사 모았더니 그렇게 많았던 기여도가 이렇게도 쉽게 바닥을 보였다.

뭐, 좀 엄살을 피웠지만 내 여생을 교단에서 편하게 보낼 수도 있을 정도의 금화와 기여도는 아직도 충분히 남아 있었다. 더군다나 교단 사람들은 내게 잘 대해준다. 괜히 교단의 은인이자 영웅인 게 아니다.

이대로 교단에서 자리를 틀고 사는 것도 나쁘지 않을지도 모른다. 그런 생각이 잠깐 들었다.

하지만 잠깐일 뿐이었다.

교단 중심부의 최고급 호텔 최상층 스위트룸에 마련된 안락소파에서, 나는 몸을 일으켰다.

"편히 산다고 레벨이 오르는 건 아니니까."

나는 레벨 업을 하고 싶다.

안 그래도 새 히든 직업으로 전직했는데, 레벨 업을 하고 새 스킬을 배우고 수련치를 올리고 그걸 또 실전에서 써보고 그래야지!

그런데 교단은 너무 평화롭다.

아니, 교단의 기존 구성원 입장에서는 매일매일이 대격변인 지금의 상황이 평화롭다고 생각하진 않겠지만. 내 입장에선 그렇다.

만마전에서의 즐거운 한때를 떠올리면 더욱 그렇다. 악마를 썰 때마다 오르는 능력치와 신성! 그리고 쏠쏠한 경험치!! 어느새 만마전은 내 깊은 마음속에서 그랑란트나 지구보다도 더 그리운 땅이 되었다.

"아, 악마 썰고 싶다."

교단이 만마전과의 전쟁을 계속한다고는 했지만, 지금 당장 만마전 본진을 칠 거라고 기대할 수는 없었다.

만마전의 후방을 완전히 교란시켜 두었음은 아직 크루세이더들을 비롯한 교단 관계자들에겐 비밀이었다. 그러니 교단이 만마전 공략에 적절하다고 생각되는 전력을 구성하는 데는 꽤 시간이 걸릴 터였다.

더군다나 갓 일어난 혁명으로 인해 교단은 아직 혼란한 채였다. 아무리 조용한 혁명이라도 혼란이 없을 수는 없는 법이다.

그러니 교단의 크루세이더들과 함께 만마전 공략에 나서는 건 바라기 힘들다.

게다가 솔직하게 말하자면 악마를 처치함으로써 얻을 수 있는 게 많은 내가 교단에 그 과실을 넘겨줄 의리나 의무 따윈 없었다.

"그 전에 내가 먼저 만마전으로 가서 나 혼자 악마 놈들을 털어먹어야지."

이제는 굳이 내가 직접 나서서 싸울 필요가 없음을 잘 알고 있음에도, 나는 내 개인적인 욕망과 쾌락을 채우기 위해 그런 계획을 세웠다.

*　　　　*　　　　*

"정말 훌륭한 판단이세요!"

우리가 교단에 체재하는 동안에는 줄곧 안젤라의 고유 특성 안에 숨어 있다가 오랜만에 나와서 그런지, 비토리아나는 정말 후련해했다.

"저도 찬성입니다."

루시피엘라도 한마디 보탰다. 너도 그렇게 답답했어?

"진은제 아이템 착용으로 올리는 신성은 격의 상승으로 이어지지는 않으니까요. 그보다는 직접 악마를 처치하시는 게

격의 상승에는 더 유리할 겁니다."

아니었다. 루시피엘라는 나 잘되라고, 그리고 내가 잘되면 그 콩고물을 얻어먹으려고 이러는 거였다. 뭐, 비토리아냐보다는 건전하다는 점에서 그리 기분 나쁠 건 없었다.

안젤라는 사실 교단의 배신자이자 범죄자 목록에 올라와 있었다. 하지만 이번 일을 계기로 명예를 회복했고, 압류되었던 집과 재산도 다 되찾았다. 괜히 교단의 비밀 요원인 인스펙터가 아닌지라 안젤라는 꽤 좋은 집에서 살고 있었다.

그런데 안젤라는 그렇게 되찾은 집과 재산을 다 팔고 다시 내 황금 전함에 올라탔다. 그 이유는… 나겠지. 역시.

안젤라가 내게 품은 감정이 어떤 것인지 알고는 있었으나, 그 마음을 받아주는 건 무리다. 그녀는 내게 있어서 피 섞인 가족 같은 느낌의 대상이니까. 그것도 여동생… 이라기보다는 남동생에 가까운 느낌이다.

남동생이 사귀자고 하면… 사귀나?

가능… 하지 않다! 생리적으로 무리!

"안젤라, 너는 교단에 남았어도 상관없었는데."

그런 의미에서 나는 안젤라에게 지속적으로 이런 멘트를 날려주고 있었다.

"그렇게 말씀하지 마세요, 선배."

안젤라도 익숙하게 받아넘겼다. 그럴 만도 했다. 이런 대사를 지속적으로 쳐준 게 슬슬 세 자릿수는 넘어갈 테니까. 처음에는 눈물도 찔끔 흘렸지만 이제 와선 다 옛날 일이다.

"키르드, 너는 교단에 남았어도 상관없었는데."

그러고선 뻔뻔하게 그런 대사를 키르드에게 칠 정도로 대담해지기까지 했다.

"어, 내가 왜?"

키르드는 정말 의외의 말을 들었다는 듯 그 큰 눈을 깜박이며 물었다. 안젤라는 그런 키르드의 반응에 도리어 놀라서 되물었다.

"정말 몰라서 묻는 거야? 아니면 일부러 기만하는 거야?"

"기만이라니?"

"교단에서 네 인기가 대단하잖아."

그랬다. 키르드는 교단에서 엄청난 인기를 끌었다. 그 계기를 말하자면 좀 길어지는데, 가능한 한 축약하자면…… 인류연맹과의 우호 모드에 들어가면서 교단에선 인류연맹에 대한 특집 프로그램을 여러 개 제작했다. 그중 하나에 키르드가 출연한 게 계기가 되었다.

우리 키르드가 좀 귀여운가. 아니, 조금 귀엽지 않다. 굉장히 귀엽다. 나도 처음 얘를 봤을 때 천사인 줄 알았으니까. 물론 키르드의 종족은 천사지만, 그걸 말한 게 아니라 수사적 표현으로 그렇게 보였다는 소리다.

원래도 귀여웠는데, 뷰티 포인트를 벌기 위해서 매력 능력치를 사다 올리고 비토리야나에게서 [그루밍] 스킬을 받은 그의 외견은 내성이 없는 사람이 보면 문자 그대로 '찬란하게' 보일 정도가 되었다.

게다가 인류연맹 3대 가문 중 하나인 하워드 가문의 도련님이었다는, 교단의 기준으로는 '적국의 귀족' 같은 느낌의 혈통. 교단에서도 유명한 범죄자였던 로제펠트에게 납치당했다가 나한테 구조되어 내 양자가 되었다는, 살짝 자극적이지만 어쨌건 해피엔딩인 에피소드.

이걸로 끝난 게 아니라, 우리 키르드가 좀 착한가. 사소한 행동 하나에도 그런 인품이 묻어나는 데다 기본적으로 예의도 바르지! 나는 몰랐지만 녀석이 하워드 가문에서 예의 교육을 빡세게 받았는지 기품을 넘어 고귀해 보이기까지 했다.

여기에 살짝 수줍음을 타는 성격이 화룡점정이 되었다.

그렇게 키르드는 몇 번 방송을 타지도 않았음에도 교단의 새로운 스타이자 언니들의 우상으로 떠오르고 말았다!

교단의 인류연맹에 대한 우호 모드에 키르드의 존재도 꽤 큰 영향을 미쳤다고 분석가들이 분석할 만큼 말이다.

그러니 안젤라도 이런 질문을 하게 된 거다.

"너… 교단에서 부와 명예를 거머쥐는 셀럽이 될 수도 있었잖아. 그런데 굳이 악마들과 싸우러 만마전에 가겠다고?"

"로드가 계신 곳이 내가 있을 곳이야. 그렇죠, 로드?"

귀여운 것이 귀여운 말을 하네? 심지어 처음엔 좀 어른스럽게 발언하다가 내게 되물을 땐 날 올려다보며 눈을 반짝이는데 어떻게 안 귀여울 수가 있을까. 그러나 나는 안이하게 녀석의 머리를 헝클어 주거나 고개를 끄덕여 주지 않았다.

"아니야."

"네?"

"네가 있을 곳은 네가 직접 정해야지."

살짝 상처받은 듯 큰 눈을 끔벅이던 키르드는 뭔가 깨달은 건지 다시 눈을 반짝이며 내게 이렇게 선언했다.

"…제가 있을 곳은 로드가 계신 곳이에요!"

아이고, 귀여운 것. 그 발언이 그냥 도치법만 쓴 것일 뿐이라는 건 이성으론 알고 있지만, 뭐 어떤가. 이렇게 귀여운데. 나는 절로 올라가려는 입 끝을 내리려 애쓰며 입을 열었다.

"네가 그렇게 정했다면야, 어쩔 수 없구나."

원했던 반응이 아닌지 조금 시무룩해하는 반응의 키르드를 보고, 난 더 못 참고 녀석의 부드러운 머리카락을 어루만져 주고 말았다.

내가 이러는 걸 보자마자, 비토리야나가 빽 외쳤다.

"저도 쓰다듬어 주세요, 서방님!"

"안 돼."

안젤라도 빽 외쳤다.

"저는요, 선배!"

"안 돼."

너희도 귀엽다면 귀엽지만 그 속에 도사린 깊고 짙은 흑심이 무서워. 안 돼.

나는 재빨리 키르드의 머리에서 손을 떼고 비토리야나에게 명령했다.

"자, 목적지는 만마전이다. 전속 전진!"

키르드 녀석도 아쉬워하는 눈치였지만, 난 애써 무시했다.

*　　　　*　　　　*

브뤼스만 라이언폴드는 생각했다.

왜 자신의 완벽한 계획이 실패했는지에 대해서 말이다.

"변수."

완벽한 계획은 항상 변수로 인해 무너진다.

모든 변인은 완전히 통제되고 있을 터였다. 그러나 그 통제에서 벗어난 변인이 존재했다.

카자크? 아니다. 놈의 이름은……

"이진혁."

브뤼스만 라이언폴드는 자신이 지나치게 오만했음을 뒤늦

게 반성했다. 놈을 계획에 끌어들이는 게 아니었다. 그냥 처음부터 죽여 버렸어야 하는 것을. 그러나 그는 그러지 않았다. 완전히 통제된 안전하고 완벽한 환경에서, 그는 권태로움을 느끼고 말았다.

"나도 아직 인간이로군."

인간은 의외의 것에서 놀라움을 느낀다. 그리고 어떤 환경에서, 특히나 권태 속을 유영할 때 그 놀라움은 곧 즐거움으로 바뀐다.

브뤼스만은 이진혁의 존재를 발견하고 즐거움을 느꼈다.

느끼고 말았다.

그게 실수였음을, 브뤼스만은 지금에야 인정하게 되었다.

"같은 실수를 반복하진 않을 것이다."

브뤼스만은 생각했다.

교단에서 구축해 놨던 그의 지위는 모조리 무너지고, 재산 또한 80% 이상 잃었다. 그것뿐이 아니다. 교단이라는 최강의 세력이 그의 적이 되었다.

상황은 최악이었다.

브뤼스만 라이언폴드는 끝났다. 그가 브뤼스만인 이상, 이 위기를 돌파할 가능성은 0에 수렴한다고 봐도 될 정도로 희박했다.

그럼에도 그는 아직 끝났다고 생각하지 않았다.

"초심이라는 단어, 싫어하는데 말이지."

짧은 한숨을 내쉰 뒤, 브뤼스만 라이언폴드는 1인용 차원이동 셔틀에서 내렸다.

"다시 초심으로 돌아가야겠군."

셔틀에서 나오자마자 짙은 마기가 브뤼스만의 전신을 감쌌다. 그 마기 속에서, 그는 심호흡을 했다.

"스읍, 하……. 고향에라도 돌아온 기분이야."

인체에는 물론이고 천사의 몸에도 유해한 마기의 영향은 조금도 받지 않는 듯했다. 아니, 오히려 그 반대였다. 마계의 지독한 마기가 브뤼스만의 몸으로 급속히 빨려 들어가고 있었다.

끼에에에에엑!

먼 곳에서부터 뭔가 거대하고 무시무시한 존재의 불길한 외침이 들렸다. 그 외침을 들으며 브뤼스만은 얼굴을 찌푸리기는커녕 오히려 웃었다.

"빨리도 환영해 주는군."

브뤼스만의 두 눈동자가 요요하게 빛났다.

"역시 만마전은 이래야지."

*   *   *

만마전의 상태는 엉망이었다.

악마 대왕들이 다 우주의 먼지가 되어버렸다는 걸 아는 건지 모르는 건지, 그간 최소한도로나마 유지되어 왔던 만마전의 질서가 완전히 붕괴된 상태였다.

모든 악마 왕들이 새로운 악마 대왕이 되기 위해 패권을 다투며 침략과 살상을 일삼고 있었고, 약한 악마부터 죽어나가는 약육강식의 정글이 되어 있었다. 그렇게 피와 죽음이 한 차례 휩쓸고 지나간 지역에선 새로운 악마들이 구더기처럼 마구 생겨나 자라나고 있었다.

우리가 점령한 후 마계를 닫았던 지역도 예외는 아니었다. 아니, 오히려 더 혼란스러웠다고 보는 게 맞았다. 신흥 악마들이 멋대로 자기 마계를 열고 각기 왕이라 주장하고 있었으며, 그러한 신흥 왕국들이 서로 싸우고 먹고 먹히는 아수라장이 열려 있었다.

"멋져!"

이러한 자기 고향의 모습을 본 비토리야나의 첫 감상은 바로 이거였다.

"이래야 악마죠!"

아, 그런 거냐. 그런 거로군. 알았어.

하지만 내가 보기에도 과히 나쁘진 않았다. 엉망진창에 아수라장이지만 활력과 생명력으로 가득 찬 만마전의 모습은

겉보기엔 끔찍했으나 내겐 젖과 꿀이 흐르는 새로운 기회의 땅처럼 보였다.

"어디로 내려갈까?"

마치 크리스마스 케이크를 어떻게 자를지 고민하는 심정으로, 나는 비토리아냐에게 물었다.

"국토 수복, 레콩키스타는 어떠신가요?"

레콩키스타. 스페인어로 재정복. 에스파냐인들이 이슬람 세력에게 빼앗겼던 이베리아반도를 되찾기 위해 벌였던 재정복 전쟁을 뜻하는 말이다. 내가 이걸 아는 건 세계사 공부를 열심히 해서가 아니라, 레콩키스타에 대해 다뤘던 게임을 열심히 한 적이 있어서였다.

"너, 진짜 구 지구 인류 좋아했구나."

"서방님을 더 좋아해요!"

"그럼 레콩키스타나 해볼까!"

나는 비토리아냐의 외침을 무시하고 선언했다.

"우리 이제부터 신흥 악마 왕들이 난립한 우리의 국토를 수복해 보자꾸나!"

내가 그렇게 레콩키스타를 선언하자마자, [세계를 혁명하기 위하여!] 스킬의 패시브 효과가 발동했다.

"어, 뭐야?"

"무슨, 뭐야?"

그냥 뭐가 쌓였다고 좋아하기엔 내가 좀 덜 단순한 모양이었다. 뭐가 어떻게 되어 이런 게 쌓이게 됐는지 나는 생각했다. 그리고 얼마 지나지 않아 그게 무의미한 행동임을 깨달았다. 뭘 추론해 보려고 해도 데이터가 쌓여야 가능해질 테지.

그러니 지금 해야 하는 건 데이터를 쌓는 거다.

"우리의! 국토를! 수복하겠다!!"

일단 나는 다시 한번 외쳐 보았다. 그러나 혁명력은 쌓이지 않았다. 애초에 혁명력이란 게 뭔지도 모르겠지만 말이다. 즉각적인 반응이 있는 마력이나 내공, 신성이나 마기와는 달리 혁명력은 내게 그 어떤 변화도 가져다주지 않았다.

뭐, 뷰티 포인트 같은 거겠지. 일단 쌓아놓으면 도움이 될 거다. 나는 좀 더 단순하게 생각하기로 했다. 어차피 다른 세계혁명가 스킬을 얻게 되면 알게 될 터.

그보단 같은 행동을 반복하는 것만으로는 혁명력이 쌓이지 않는다는 것을 알게 되었다.

설마 업적 포인트 같은 건 아니겠지? 나는 지구 시절에 했던 게임을 떠올렸다. 아니, 스킬을 쓰는 데 드는 자원이 업적 포인트일 리가. 그건 밸런스가 안 맞잖아. 거기까지 생각한 나는 헛웃음을 터뜨렸다. 이 시스템이 언제부터 밸런스 챙겼다고. 쓸데없는 생각했네.

어쨌든 혁명력이라는 자원은 매번 새로운 행동을 해야 쌓을 수 있다는 건 결국 쌓는 데 한계가 있다는 의미가 되겠다. 진짜로 업적 포인트 같은 거라면 말이다.

일단은 아껴 써야겠네. 뭐가 뭔지는 몰라도……. 내가 그렇게 내심 결심하고 있을 때였다.

"서방님?"

꽤 오래 생각에 잠겨 있었던 모양인지, 비토리야나가 걱정스러운 듯 말을 걸어왔다.

"애들 준비시켜. 출격한다!"

"아, 네!"

나는 아무 일도 없었던 것처럼 명령했고, 비토리야나는 급히 대답했다.

＊　　　　＊　　　　＊

결과.

나는 내가 쓸데없는 걱정을 했다는 걸 깨달았다.

ー혁명력: 12

왜냐하면 레콩키스타를 완수할 때마다, 그러니까 원래 우리가 점령했었던 자리에 세워진 신흥 왕국 하나를 점령할 때마다 혁명력이 쌓였기 때문이다.

"뭔가 대단한 선언을 하고, 그걸 행동으로 옮길 때마다 혁명력이 쌓이는 건가?"

가능성은 높았지만 아직 확신할 정도는 아니다. 그런 건 나중에 생각하고 일단은 눈앞의 일에 집중하자. 레콩키스타를 계속해서 수행해 더 많은 혁명력을 쌓는 일 말이다.

그리고 레벨 업도 했다.

직업: 세계혁명가
레벨: 5

"아, 레벨 업 진짜 늦네!"

악마 왕을 벌써 둘이나 잡아먹었는데 레벨 하나 올리는 게 고작이라니. 아무리 히든 2차 직업이라지만, 그리고 잡아먹은 상대가 신흥 악마 왕이라지만 너무한 거 아닌지? 악마 후작 하나 잡아먹고 레벨이 몇 개씩 올랐던 때가 그리워졌다.

"그래도 스킬은 얻었으니까."

[시대정신의 씨앗]

─등급: 세계 상위(World Elite)

─숙련도: 연습 랭크

─설명: 혁명력 1을 소모한다. [시대정신의 씨앗]을 하나 생성한다.

스킬창을 열어 스킬의 내용을 확인한 나는 미간을 잔뜩 찌푸렸다.

"너무 모호하잖아……."

아무리 스킬 설명이 자세한 경우가 더 드물다지만, 이건 해도 해도 너무했다.

"한 번 써봐야겠군."

혁명력이 잘 쌓이는 자원은 아니지만, 그렇다고 내가 가진 스킬이 뭔지도 모른 채 지내는 건 속이 불편한 일이다. 어쩔 수 없는 경우라면 모를까, 지금은 알아낼 수단도 있는데 굳이 그냥 지나갈 필요는 없지.

"[시대정신의 씨앗]!"

나는 스킬을 사용했다. 그러자 아이템 [시대정신의 씨앗]이 뿅 하고 나타났다.

"생긴 게 좀 독특하군."

형상은 평범한 씨앗 같지만, 마치 프리즘처럼 보는 각도에 따라 색이 달라져 보인다. 달라지는 건 색뿐만이 아니라, 때로는 해바라기씨처럼 보이다가도 수박씨처럼 보이다가 호박씨처럼도 보였다.

[시대정신의 씨앗]

설명: 시대정신을 담은 씨앗이다. 특정 세계에 심으면 해당 세계의 시대정신이 발아하는 데 도움을 준다. 해당 세계가 새로운 시대정신을 요구할수록 발아에 가까워진다. 시대정신의 발아에 성공할 경우 혁명력 +10.

"뭐야, 이것도 파밍용인가?"

나는 픽 웃으며 씨앗을 사용했다. 별로 깊게 생각하고 한 짓은 아니었다. 씨앗이 발아하려면 시간이 필요할 테니, 빨리 쓰는 게 유리하다고 생각했을 뿐.

"하지만 이 아무 생각 없이 한 행동의 결과를 당시의 나는 예상조차 하지 못했다."

적당히 아무렇게나 독백을 흘린 후, 나는 스킬창을 닫았다.

당연하지만 고작 세계혁명가 5레벨 스킬 하나 얻었다고 만족할 내가 아니다.

"아무리 그래도 만마전의 악마 왕들을 다 잡고 나면 20레벨은 달겠지?"

레벨 업 하러 여기까지 왔는데, 고작 5레벨로 만족할쏘냐.

나는 아직 배가 고프다.

"…실제로도 배가 고프고."

금강산도 식후경이란 말이 있지 않은가?

레벨 업도 식후경이다.

*   *   *

사실 인류연맹에서 받을 보상에 대해서, 나는 크리스티나에게 모종의 요구를 해두었다.

능력치 주사위도 좋긴 하지만 이미 주요 능력치들을 999+ 찍어놓은 상태라, 비율로 치면 큰 의미가 없다. 20짜리를 굴려도 전력 상승에 대한 큰 체감이 안 된다는 의미다. 게다가 신화급 이상으로 올라오고 나니 기본 주요 능력치가 스킬에 반영되는 경우가 확실히 줄어들었다.

스킬도 마찬가지다. 인류연맹이 내게 줄 수 있는 스킬의 상한선이 전설급이니 역시 큰 도움이 안 된다. 처음에는 절하면서 받았던 전설급 스킬이지만, 신화급에 우주급에 권능급을 다루다 보니 어중간한 스킬을 받아봐야 갈아서 스킬 포인트에나 보태 쓰게 된다.

물론 내가 인류연맹에서 뭔가를 뜯어서 받아 챙기는 데만 혈안이 되어 있었다면 그냥 다 가져오라고 하고 갈아먹었을 테지만, 지금의 인류연맹은 나와 확고한 동맹을 맺은 상태라 봐야 한다.

나 말고 다른 사람들한테 돌아가는 데 더 효율적인 보상들인데 나 혼자 다 먹고 죽는 건 좀 그랬다.

그래도 20면체 능력치 주사위와 전설급 스킬은 되는 대로 가져오라고 하긴 했지만 말이다.

크흠, 크흠!

―그럼 뭘 원하세요?

그런 크리스티나의 말에, 나는 단호히 대답했다.

"우선 술이지!"

술을 빚는 건 생각보다 힘든 작업이었다. 괜히 비싼 게 아니다. 무엇보다 시간이 오래 걸린다. 황금 전함의 창고에 빚어놓은 술이 몇 통은 있지만 아직 따지도 못했다.

"그리고 고기."

나도 생산직 레벨을 좀 올리고 [수확의 신]까지 얻긴 했지만 도축, 발골, 정형 같은 건 못 한다. 애초에 마계에 잡아먹어도 되는 가축이 있는 것도 아니고. 물론 교단에서도 고기를 좀 사다 쟁여놓긴 했지만, 신기하게도 고기의 질은 인류연맹산만 못했다.

이야기를 듣자 하니, 교단에서는 주로 즉시전력감이 되는 전투원 플레이어들을 주로 데려간 반면 인류연맹에서는 그 나머지 플레이어들을 일단 되는 대로 다 데려온 덕에 생산직 플레이어들이 많이 소속되어 있다고 한다.

그렇다면 이 차이도 납득이 간다.

─어떤 고기요?

"소, 돼지, 닭. 아니, 아무튼 맛있는 거. 5성이면 좋겠어. 아, 그리고 물고기도. 조개류랑 갑각류도 좀 챙겨줘. 맛있는 걸로."

당연히 수산물도 마찬가지. 생각해 보면 인류연맹의 높으신 분이 나 엿 먹인다고 물고기를 준 적도 있었지. 그 덕에 요리에 눈을 뜨게 되었으니 전화위복이다.

이런 대화를 나눈 게 벌써 몇 주 전이다. 크리스티나는 5성 요리 재료를 가득 들고 왔고, 나는 희희낙락하며 그걸 인벤토리에 차곡차곡 채워놓았다.

─이번에 국가영웅님께 진상된 품목은 일회성이 아니에요! 각 유력 생산지의 5성 생산물 지분 100%를 국가영웅님 명의로 뜯어왔거든요.

"그게 무슨 소리야?"

―해당 생산지에서 5성 생산물이 생산되는 즉시 국가영웅님께 전량이 공급된다는 의미랍니다!

"그건…… 고맙군."

조금 부담스럽긴 하지만, 5성 재료의 안정적인 공급이 가능하다니 꽤 기쁜 일이기도 하다.

―부담스러워 하실 필요는 없어요! 해당 생산업자들은 모두 국가영웅 납품업체로 선정됐거든요. 다들 납품업체로 선정되었다는 사실 자체를 선전하는 것만으로도 막대한 이득을 얻고 있어요.

내 속내를 꿰뚫어 보기라도 한 것처럼 크리스티나는 이렇게 말했다.

말하자면 지구 시절에 영국 왕실 납품업체라고 한국에도 광고했던 어디 브랜드 같은 느낌인 거군. 그렇게 생각하니 또 낯 뜨겁긴 하다. 내 명성이 왕실급이라고 자화자찬한 거나 다름없으니까. 이런 생각한 거, 절대 입 밖엔 내지 말아야지.

―게다가 5성 생산물의 생산량이 기준에 미달할 경우에는 대신 4성 생산물을 지급하기로 되었답니다!

이러면서 그런 경우의 예시를 보여줬는데, 그 양이 도저히 혼자 먹을 수 있을 거라는 생각이 들지 않을 정도로 많았다.

"이렇게 많이는 필요 없어."

―어, 그러세요? 그럼 금화로 대신 갈음하죠!

아무래도 이쪽의 거절은 거절인 모양이었다.

—물론 이게 끝인 건 아니고요. 다른 회사들의 지분도 어느 정도 확보했어요.

크리스티나는 다른 보상들에 대해 늘어놨지만, 솔직히 고기 먹을 생각에 머릿속에 잘 들어오지는 않았다. 어쨌든 배당금만으로 평생 먹고살 길이 열렸다는 것만은 잘 알았다.

*　　　*　　　*

인류연맹으로부터 지원을 받은 덕에, 예전 같았으면 상상도 못했을 최고급 5성 쇠고기가 인벤토리 안을 가득 채워져 있었다. 농부를 40렙 찍었다곤 해도 진짜 농부처럼 소나 돼지를 기르는 걸 겸직할 수는 없었으니, 5성 쇠고기는 결국 지원으로밖에 못 구한다.

인벤토리 안에 저장되어 있으므로 썩는 걸 걱정할 필요는 없지만, 크리스티나는 앞으로도 주기적으로 5성 쇠고기를 내게 지급해 주겠다고 약속했다. 그럼 넘쳐나는 걸 걱정해야 할 판이다. 그런데 잘 생각해 보면 그것마저도 걱정할 거리는 안 된다.

치이이이익!

먹어 치우면 되니까!

인류연맹산 5성 쇠고기의 풍부한 지방이 철판에 닿으며 요란한 소릴 냈다. 5성이기에 더욱 풍부한 향기가 주변을 진동시킨다.

자, 소금이 필요한 시점이다.

그러고 보니 소금 또한 내가 수확할 수 없는 중요한 식재료였다. 그럼에도 불구하고 나는 요구하는 걸 깜박했지만, 크리스티나는 5성 암염의 지분 또한 확보해다 주었다. 물론 초도 물량과 함께 말이다.

최고급 암염이 몇 덩어리나 내 인벤토리에 쌓여 있었고, 나는 언제든 내가 원하는 굵기대로 갈아서 요리에 사용할 수 있었다.

딱 봐도 질이 좋아 보이는 핑크빛의 암염을 곱게 갈아, 고깃덩어리 위에 솔솔 뿌리고······.

덥석, 하고 고깃덩어리를 그대로 입에 물었다.

"맛있다!"

"맛있어요, 선배!!"

나랑 똑같이 갓 구워내 아직 뜨거운 고깃덩어리를 맨손으로 집어 크게 한 입 베어 문 키르드와 안젤라가 감탄을 토해냈다.

역시 5성 고기쯤 되니 별다른 조리가 없이 그냥 굽고 소금만 뿌려도 맛있다.

"후… 아직이야. 요리는 막 시작됐을 뿐이야."

일행에게 그렇게 선언한 나는 [축복받은 후추]를 꺼내 들었다.

본래 후추란 작물은 땅과 기후를 상당히 가린다. 대항해시대가 열린 원인이 무엇인가? 유럽에선 후추가 자라지 않기 때문이다. 뱃사람들은 단지 후추를 얻기 위해 몇 개월이나 되는 항해를 감내했다.

그러나 황금 전함의 환경제어는 탁월했다. 후추가 자라기에 적합한 기후를 인공적으로 만들어내는 것에 성공해 냈다. 거기에 내 생명 속성의 마나가 더해지면? [풍요로운 대지의 힘]과 [수확의 신] 스킬까지 얹어지면? [축복받은 후추]의 완성이다!

나는 그렇게 만들어진 귀한 후추를 고기에 솔솔 뿌렸다. 그리고 다시 한 입. 덥석!

"타락을 부르는 맛이로군요!"

"실로 악마적인 맛이에요!"

타천사와 악마가 할 수 있는 최고의 찬사인가 보다. 예상할 수 있겠지만 앞의 감탄사는 타천사인 루시피엘라의 것이고 뒤의 감탄사는 비토리아나의 것이다.

지금 와서 생각하기엔 새삼스럽지만, 참 신기한 일이다. 루시피엘라는 그렇다 치지만, 본래 인간종의 영혼을 섭식하던 비토리야나마저 음식의 맛에 감탄을 터뜨리다니.

하긴 우리 일행에 합류한 후 비토리야나는 줄곧 인간의 식사를 먹어왔다. 내게 미움받지 않기 위해서일 테지.

그렇다고 비토리야나가 무리해서 굶고 있는 건 또 아니었다. 최근 비토리야나는 살이 올랐다. 자신의 외모를 마음대로 조정할 수 있는 스킬을 지닌 그녀지만, 이런 미세한 변화는 세심하게 신경을 쓰지 않으면 일일이 조절하기 힘들다.

즉, 저건 자연스러운 변화란 소리다.

"칭찬 고맙군. 요리사로서 자랑스러워. 하지만 이게 전부가 아니야."

나는 두 입 베어 문 고기를 종이에 잘 쌌다. 레스팅? 그것도 맞다. 이렇게 방치함으로써 고기 겉면의 열이 속으로 퍼져 나가며 더 맛있어진다. 하지만 내가 할 건 단순한 레스팅이 아니었다. 깨끗한 종이에 이미 구워진 고기를 잘 싼 나는 그것을 깨끗한 흙에 잘 파묻었다.

무슨 짓이냐고? 이렇게 하려고.

[풍요로운 대지의 힘]! 그리고… [수확의 신]!

자, 이렇게 해서 [T본 스테이크]가 [축복받은 T본 스테이크]가 되었다!

"이렇게 맛있는 고기라면 얻을 수 있는 경험치도 장난 아닐 텐데."

"정말… 테스카가 이 자리에 없는 게 아쉬워요."

[축복받은 T본 스테이크]를 맛본 안젤라가 안타까움을 토해 냈고, 루시피엘라가 동조했다.

나는 내 특성인 [미식의 대식가]로 맛있는 걸 대량으로 먹을 때마다 경험치를 얻는다. 만약 이 자리에 테스카가 있었다면 그녀의 회식 자리의 긍정적인 효과를 공유하는 [즐거운 회식] 특성으로 내 특성을 공유해 그녀들도 경험치를 얻을 수 있었을 테니, 아쉽게 느껴질 만도 했다.

그런 그녀들에게 한 번 픽 웃어준 후, 나는 이렇게 말했다.

"아까워하지 마, 어차피 매달 배송될 쇠고기야. 게다가 진짜 맛있는 건 인벤토리에 잘 재워놨으니까 그건 걱정하지 마."

그랬다. T본이라곤 해도, 결국 이건 그냥 쇠고기 등심과 안심 사이의 부위일 뿐이다. 내가 인류연맹으로부터 받아낸 지분은 쇠고기의 지분만이 아니었다. 더 귀한 생물의 희귀 부위 또한 인벤토리에 차곡차곡 쌓여 있었다.

그럼에도 지금 쇠고기부터 꺼내 먹고 있는 이유는, 처음부터 너무 지나치게 맛있는 요리를 먹어 혀의 역치가 지나치게 올라 버리는 걸 방지하기 위함일 뿐이다.

나는 단계적으로 식재료를 소비할 수 있도록 계획을 다 짜 놓았다. 물론 이건 다 경험치를 위해서였다. 일행의 경험치가 아닌, 내 경험치 말이다.

"그런데 이미 구운 고기를 땅에 파묻었다 수확하는 건 좀 이상하지 않나요?"

"이제 와서 무슨 소릴, 그냥 받아들여."

키르드의 날카로운 지적을 부드럽게 받아넘긴 건 비토리아 나였다. 내가 입을 열 필요가 없으니 편하군. 나는 애들의 대화를 들으며 이번엔 암염 한 덩어리를 땅에 파묻었다.

"선배, 설마……?!"

"그래. [축복받은 암염]이다!"

아직 에스컬레이터는 멈추지 않는다. 우리는 더 높은 곳으로 올라가게 될 거야!

＊　　　　＊　　　　＊

채 1개월도 지나지 않아, 우리는 우리가 만마전을 떠나기 전에 점령했었던 지역을 모조리 수복하는 데 성공했다.

"레콩키스타를 완료했다!"

내가 그렇게 선언하자, 혁명력이 갑자기 30이 올랐다. 퀘스트로는 안 뜨는 주제에, 마치 퀘스트 완료 보상 같잖아?

이로써 내가 지닌 혁명력은 총 48이 되었다. 이걸 어디다 쓰는 건지는 아직까지도 전혀 모르겠지만 말이다.

"레벨은 9… 인가."

심어두었던 [시대정신의 씨앗]은 아직 개화하지 않았고, 새로운 스킬을 얻은 것도 아니다. 아직까진 내게 있어서 혁명력이란 그냥 좀 신경 쓰이는 새로운 포인트에 불과하다. 모을 수 있으니까 일단 모아두는 그런 개념의 포인트.

그렇다 보니 갑자기 모인 큰 포인트에 크게 기뻐하기도 뭐했다.

"일단 레벨을 더 올려봐야겠어."

1레벨만 더 올리면 뭔가 더 힌트를 얻을 수 있을지도 모른다. 그런 생각을 하니 괜스레 마음이 급해지고 그랬다.

어쨌든 레콩키스타를 완료했으니, 나에게는 새로운 아젠다가 필요했다. 뭐, 아젠다라고 거창하게 말하긴 했지만 별건 아니다. 그저 혁명력을 쌓기 위한 새로운 수단 정도라고 해야 되나.

레콩키스타를 선언했을 때 혁명력이 올랐으니, 이제 또 뭔가 새로운 걸 선언하면 혁명력이 오르지 않을까? 하는 어찌 보면 얄팍한 발상이었다.

"그럼 이런 건 어떨까요, 선배?"

나 혼자 낑낑대는 것보다는 다른 이들의 아이디어를 빌리는 것이 좋으리라는 판단에, 나는 일행에게 의견을 구했다. 그리고 그중에서 가장 먼저 입을 연 건 안젤라였다.

"만마전은 원래 멀쩡했던 세계를 악마가 점령하고 파먹어서 이렇게 된 거라면서요?"

"그랬지. 비토리야나에게 듣기론."

내 대꾸에 비토리야나가 갑자기 자랑스러운 듯 웃었다. 아니, 왜?

"그럼 이 세계를 악마들로부터 해방시키겠다고 선언하는 거죠."

"오, 괜찮은데? 나중에는 쓸 만하겠어."

"나중이라뇨? 어째서!"

안젤라는 안절부절못하더니 종국에는 화까지 냈다. 왜 저러지? 비토리야나랑 뭐 경쟁이라도 하나? 어쨌든 질문을 하니 대답해 주는 게 예의겠지.

"이 세계를 악마로부터 해방시키려면 마계를 닫아야 하잖아?"

"그… 렇죠?"

"그런데 당분간은 마계를 닫을 계획이 없어. 우리 영역은 이대로 악마의 마계인 척하는 게 더 유리할 거 같아서."

말하자면 지난번과 마찬가지다. 우리의 진면목을 숨길수록 적들의 허를 찌르고 뒤통수를 찰지게 갈길 수 있으니까.

"…아!"

안젤라도 뒤늦게 깨달았는지 그대로 쭈글거리며 주저앉았다. 그건 그렇고, 그냥 의견을 안 받은 것뿐인데 지나치게 시무룩해 하는데.

"그럼 이런 건 어떨까요?"

비토리야나가 안젤라와 대비되도록 으스대면서 나섰다.

"세계 정복이요!"

되게 심플하고 스트레이트하네.

"안 돼."

나는 곧장 고개를 저었다.

"어, 어째서요?!"

"직감."

설명하기 귀찮아서 대충 대답하긴 했지만, 세계 정복이라는 아젠다로 혁명력이 오를 것 같지는 않았다. 세계 정복을 하는 악당은 혁명의 대상이지, 혁명의 주도자는 아니지 않을까? 갑자기 나폴레옹이라는 이름이 떠올랐지만 그냥 깊이 묻어두도록 하자.

"서방님의 직감이라면 무시할 수 없죠."

비토리야나는 의외로 진지하게 고개를 끄덕였다. 뭐, 납득해 줬다면 그걸로 오케이다.

안젤라와 비토리야나는 입을 다물고 생각하기 시작했다. 키르드는 별생각 없이 다소곳하니 앉아 있었고. 이 녀석, 교단의 누나들 인기를 한 몸에 끌어모은 이유가 있단 말이야. 그냥 앉아만 있어도 귀엽다.

"…그럼 이건 어떠신가요?"

침묵이 길어지자, 루시피엘라가 입을 열었다. 내가 시선을 던져 긍정의 뜻을 보내자, 루시피엘라는 조심스럽게 조곤조곤한 목소리로 이렇게 말했다.

"문명화요."

"과연. 고대 로마로군."

자주 입을 안 열어서 그렇지, 루시피엘라도 지구 인류의 문화에 대한 지식이 상당했다.

"그것도 안 돼. 너무 힘들어."

악마들을 개화시켜서 문명을 받아들이게 한다니, 판타지가 따로 없다. 게다가 어차피 우린 최종적으론 악마들을 다 죽일 생각이었다. 문명화라는 기치를 내걸어봐야 지구의 근대 제국들이 내세우던 기만 내지 위선과 크게 다를 바는 없으리라.

"그렇군요."

루시피엘라는 그저 침묵이 부담스러워 입을 한번 열어봤을 뿐이었던 듯, 홀가분하니 내 대답을 받아들였다.

"그럼 그냥 악마들을 죽이겠다고 하면 되지 않을까요?"

턱을 괸 채 듣고만 있던 키르드가 문득 입을 열었다.

"솔직하게 나가자면 그럴 생각이긴 한데, 그걸로 될까?"

아젠다라고 하기엔 너무 스트레이트한 게 아닐까? 아니, 애초에 이게 아젠다이긴 한 걸까? 그런 생각이 들긴 했지만.

"뭐, 되면 최고지. 어차피 악마들을 죽일 거니까."

한번 해보기나 하자. 그런 가벼운 생각으로 나는 한번 선언해 보았다.

"악마들을 죽이겠다!"

―혁명력 +10.

"오, 됐다! 됐어!!"

나는 놀라고 기뻐서 키르드를 껴안았다.

"히익!"

그러자 키르드의 입에서 짧은 비명이 새어나왔다. 왜 이러지? 하며 보니 안젤라와 비토리야나가 키르드를 무시무시한 시선으로 노려보고 있었던 거였다.

"워, 워. 그러지 마. 그러지 말라고 했잖아."

나는 키르드를 껴안은 채 녀석의 머리를 쓰다듬으며 둘에게 눈치를 주었다. 둘은 시무룩하니 시선을 피했지만, 그것도 잠깐이었다.

"자, 그럼 선언도 했으니 이제 언행일치하러 가야겠군. 악마들 죽이러 가자."

"다 죽여 버리겠어요!"

"다 갈아버리겠어!"

그런 내 선언에 호응하는 여자 둘은 어그레시브하기 그지없었다.

Chapter 6

악마를 죽인다.

이 선언으로 나는 대량의 혁명력을 벌어들일 수 있으리라고 생각했었다. 만마전에는 악마들이 널려 있으니, 이런 판단을 하는 것도 무리는 아니었지.

그런데… 결론부터 이야기하자면 내 이런 예상은 틀려먹었다.

"악마 왕을 죽일 때만 들어오는군."

그것도 그냥 죽이는 걸론 아무 의미가 없고, 진짜로 죽였을 때만 들어온다. 무슨 의미냐면, 일부러 코어를 내버려 두고 부활시켜 버리면 의미가 없다는 뜻이다. 더 이상 부활 못 하게 완전히 죽여야 혁명력이 보수로 들어오니, 꼼수를 부릴 여지도 없다.

"결국 레콩키스타 때랑 변한 게 없네……."

당연하지만 악마 왕은 혼자 배회하고 다니지 않는다. 자기 마계를 열고 옥좌에 앉아서야 비로소 악마 왕이라 자칭할 자격이 생긴다.

이 기준에 따르면 비토리야나도 악마 왕이 아닌 셈이 되지만……. 뭐… 실제로 얘 보면서 이제 악마 여왕이니 하는 단어가 안 떠오르는 것도 사실이지.

하긴 쪼그만 임프 같은 거 잡아 터뜨리면서 혁명력이 쌓일 거라고 진지하게 기대한 적은 없다. 별로 크게 실망할 일도 아니다.

아니, 정확하게 따지면 일반 악마들을 죽여도 혁명력이 들어오기는 한다. 소수점 6~7자리쯤의 수치로 말이다. 그러니까… 대충 백만 마리에서 천만 마리쯤 죽여야 1 쌓이는 셈이다.

그나마 악마 군주, 악마 남작이나 악마 백작 같은 애들 죽이면 소수점 3~4자리까지도 들어오지만 애네는 수가 적다는 치명적인 단점이 있다.

뭐, 혁명력의 소모는 1단위로 이뤄질 테니 다 허수다. 의미가 없다는 소리다.

"그냥 하던 대로 하면 되겠군."

반대로 생각하자. 레콩키스타도 끝났는데 추가로 혁명력을 쌓을 수단이 생긴 게 어딘가? 이걸로 만족하자고. 나는 대충 내 상처받은 마음을 위로하며 악마들을 죽였다.

뭐, 혁명력이 전부인 게 아니니까. 악마를 죽일 때마다 신성이 쌓이기도 하니 바즈라를 휘두르는 손을 멈출 수야 없다.

"쌓이는 신성이 9,999+에서 표시가 멈춰서 얼마나 올랐는지는 잘 모르겠지만."

아직 혼의 격은 [찬란함]에 머무른 상태이고, 신으로서의 존재력도 반신 상태에서 멈춘 상태이다.

그렇다고 초조해할 필요는 없다. 꾸준히 성장하다 보면 언젠가 신위에 도달하겠지.

여기까지 오는 데 채 3년도 안 걸렸다. 오히려 지나치게 빠른 성장이다. 적어도 비토리야나나 루시피엘라는 그렇게 생각하고 있었다. 다른 누구보다도 내가 신이 되길 원하는 타천사와 악마 여왕이 그렇다고 하니 그러려니 해야겠지.

"아무튼!"

혁명력이고 신성이고 다 부수적인 거에 불과하다. 중요하지 않은 건 아니지만 상대적으로 중요도가 떨어지는 건 어쩔 수 없다. 왜냐하면 가장 중요한 건 역시 레벨이니까 말이다!!

그리고 바로 그 레벨이 올랐다!

이름: 이진혁

직업: 세계혁명가

레벨: 10

그 결과, 드디어 기대하고 고대하던 히든 2차 전직의 세 번째 스킬이 그 전모를 드러냈다!

[시대정신의 맹아]

　—등급: 세계 상위(World Elite)

　—숙련도: 연습 랭크

　—설명: 혁명력을 소모한다. [시대정신의 씨앗]을 싹틔울 수 있다.

"과연."

[시대정신의 씨앗]: 발아에 필요한 조건이 만족되었습니다.

이 메시지가 떠 있음에도 불구하고 왜 그렇게 오래 기다려도 [시대정신의 씨앗]이 싹을 틔우지 않느냐 했더니만 이런 이유였다. 싹을 틔우는 스킬이 따로 있었던 거였다니.

왜 씨앗인데 농부 보조 직업의 효과를 안 받나 했네. 하긴 [농사일의 대가] 스킬은 [수확의 신]의 합성 재료로 써버린 터라, 농부 직업도 스킬 하나 없는 빈껍데기기도 했고. 이럴 줄 알았으면 [농사일의 대가] 스킬을 지우지 말걸 그랬지? 농부 스킬이 거기 다 묶여 있었는데.

아니, 내 생각이지만 애초부터 그거랑은 관계없었을 것 같다. 아니더라도 그렇다고 쳐두자.

"이렇게 되면 돈 놓고 돈 먹기네."

[시대정신의 씨앗]을 만드는 데 소모되는 혁명력이 1, [시대정신의 맹아]를 사용하여 싹 틔우는 데 1. 이렇게 고작 혁명력 2를 투자한 [시대정신의 씨앗]이 발아하면 보상으로 혁명력 10을 가져다준다.

즉, 시대정신의 씨앗을 심고 싹틔우는 것만으로 혁명력은 흑자다.

아쉬운 점이라면 세계마다 심을 수 있는 씨앗은 한 번에 하나뿐이라는 거다. 그러니 잔뜩 벌어들이고 싶으면 여러 세계를 돌아다니며 씨앗을 심고 다닐 필요가 있었다.

더군다나 씨앗은 심자마자 발아시킬 수 있는 게 아닌 듯했다. 아예 씨앗의 정보에 '발아에 필요한 조건이 만족되었습니다'라는 메시지가 뜬 걸 보니 말이다. 아마 씨앗이 세계의 토양이라든가 하는 조건을 요구하는 거겠지. 무슨 토양인진 모르겠지만.

아무튼 발아에 필요한 조건이 만족되었다니 스킬을 써봐야겠지?

[시대정신의 새싹]: [시대정신의 씨앗]이 싹튼 결과물. 혁명력 +10

ㅡ[시대정신의 새싹]은 심겨진 세계의 시대정신이 발전할수록 자라난다. [시대정신의 나무]로 육성해 내면 혁명력 +10. 개화시키면 추가로 +10.

혁명력을 벌었다! 그리고 추가로 벌어들일 수 있는 구석이 생겼다!

나무? 개화? 잘 모르겠지만 지금처럼 하면 되겠지? 그럼 장기적으로는 다 이득으로 들어오게 될 것이다.

문제는 이렇게 벌어들인 혁명력을 대체 어디다 쓰느냐는 걸 아직도 모르고 있다는 점이지만, 레벨을 올리다 보면 다 알게 되겠지. 세계혁명가는 2차 히든 전직 직업이다. 그것도 선멸자 다음으로 나온. 약할 리는 없었다. …없겠지? 이럴 때만 직감은 조용하다니까.

"그럼 레벨을 더 올려야겠군."

어째 내가 내리는 모든 의문의 결론이 이걸로 귀결되는 것 같지만, 아마 기분 탓일 거다.

*　　　　*　　　　*

시대는 난세!

만마전의 모든 세력들이 세계의 패권을 차지하기 위해 암투를 벌이고 있다.

그렇기에 지난번과 달리 우리가 레콩키스타를 완수하고 추가로 두 개의 왕국을 점령했음에도 우리를 이상하게 보는 세력은 적었다.

지난번엔 교단과 전쟁 중이라는 상황도 도운 탓인지 악마들답지 않게 다른 악마 왕국들이 서로 협력하고 정보를 나누는 경향이 있었지만, 지금은 아니다. 우리를 상대로 전쟁을 치르면서 뭔가 이상하다는 걸 느껴도, 그 정보를 주변 왕국에 퍼뜨리지 않는 거다.

덕분에 우리의 정복전은 꽤 수월하게 돌아가고 있었다.

적어도 나는 그렇게 느끼고 있었다.

"…그런데 뭔가 좀 이상해요, 서방님."

안절부절못하던 비토리야나가 뭔가 굳은 결심이라도 한 것 같은 표정으로 입을 벌리더니, 하는 말이란 게 이런 거였다.

"뭐가?"

"아시겠지만 전 서방님을 위해 조금이라도 더 질이 좋은 정보를 손에 넣기 위해 만마전 곳곳에 정찰마를 뿌려놓았거든요."

괜찮은 자기 어필이다. 현시대, 적절한 자기 어필은 최고의 생존 전략 중 하나니까. 물론 지금 시대를 과거 지구인의 인식으로 현대 시대라고 받아들이기엔 어려운 점이 있지만 그런 건 신경 끄자. 나는 턱을 두 번 당겨 설명을 계속하라는 신호를 보냈다.

"그런데 우리가 있는 곳의 완전히 반대편이긴 하지만, 이상한 징후가 관찰됐어요."

그러곤 고개를 갸웃갸웃거리며 입을 다물었다. 뭐지? 귀여운 척인가? 귀엽긴 하지만 귀엽다고 말하면 큰일 나는 국면이다. 나는 반대로 그녀의 대답을 종용하기로 했다.

"슬슬 본론으로 들어가, 비토리야나. 대체 뭐가 이상하다는 건지를 말해."

"죄송해요, 서방님. 서방님하고 대화하는 게 즐거워서 그만."

그 사과까지 듣고 나서야 나는 비토리야나가 말하려던 이야기의 본론을 비로소 귀에 담을 수 있게 되었다. 그 본론이란 내가 생각하는 것보다 간단했다.

"악마 제국이 생겨났다던데요?"

진짜로 간단했다.

하지만 동시에 머리가 복잡해지는 내용이기도 했다.

"저도 처음 들어보는 단어예요. 악마 제국."

나는 들어본 적이 있다. 지구 시절, 내가 하던 게임에서 말이다. 그런데도 비토리야나가 들어본 적이 없다니. 하긴 악마 제국이란 게 적어도 지구에 있진 않았지. 게다가 만마전에도 있던 적이 없다면 그녀가 처음 듣는 것도 무리도 아니리라.

"하지만 이야기를 듣고 보니 제국이 맞더라고요."

내가 뭐라고 대답하기 전에 내 생각을 캐치한 건지, 비토리야나가 그렇게 이어 말했다.

"두각을 드러낸 한 악마 대왕이 스스로를 악마 황제라 자처하더니, 주변의 왕국들을 정복하고 규합해서 제국을 이뤘어요. 그리고 정복한 악마 왕국들을 제후국으로 두고 악마 왕들 위에 서서 군림하고 있더라고요."

"…듣고 보니 왜 이제야 생겨났는지가 더 의심스러울 정도인데?"

아무리 생존을 위해 필요한 만큼의 질서와 규율을 도입했다지만, 악마의 본질은 약육강식에 기초한다. 왕국끼리 정복을 거듭하다 보면 필연적으로 제국이 생겨나기 마련이다. 나는 그렇게 생각했는데, 비토리야나는 그렇게 생각하지 않는 모양이었다.

"일단 악마 왕들끼리 싸워서 그 승패가 갈리면 이긴 쪽이 진 쪽의 코어를 그냥 남겨두는 법이 없어요. 반드시 먹어 치우죠."

악마 왕은 상대가 악마 군주, 그러니까 귀족급이라면 살려 두고 지속적으로 마기를 상납 받는 것을 꺼려하지 않는다. 그러나 만약에라도 나중에 커서 자신의 지위를 위협할 것 같은 동급의 왕을 살려두지 않는다.

"왜냐하면 먹는 쪽이 더 이득이니까요."

이미 군주로서 성장을 끝마친 악마 왕의 코어는 악마들에게 있어 최고의 마기 증폭 수단이니, 그 시점에서 수확하는 것이 일반적인 판단이라고 비토리야나는 설명했다.

"그런데 악마 제국의 악마 황제는 달라요. 다른 악마 왕의 마계에 쳐들어가 정복하더라도 적국 악마 왕의 코어를 먹는 법이 없다고 해요. 그냥 휘하로 끌어들여 제후국의 왕으로 삼는다고 하더라고요. 이상하죠?"

"네가 이상하다고 하니 이상하군."

악마에 관해선 비토리야나 쪽이 더 잘 안다. 나는 고개를 끄덕여 주었다.

"이것만으로도 이상한데, 더 이상한 점이 있어요."

"그게 뭔데?"

"그 악마 황제의 이름은 알렉산드로스라 하던데요?"

"잉? …뭐라?!"

알렉산드로스. 들어본 적이 있는 이름이었다. 한국에선 알렉산더 대왕이라고 알려졌던…….

"뭐야."

갑자기 쎄한 느낌이 든다.

악마의 발상으로는 성립할 수 없는, 인간의 방식으로 세워진 악마 제국. 그리고 그 황제의 이름이 하필이면 인류 역사상 가장 유명한 정복왕 중 하나에서 따온 거라는 사실.

이게 과연 우연일까?

인류연맹이나 교단에서 이런 이름을 보는 건 별로 이상한 일이 아니다. 지금은 다른 종족으로 모습을 바꿨다지만, 지구인들이 퍼져 나간 세력들이니까.

하지만 만마전은 다르다. 만마전에서 지구인을 비롯한 인류종은 식료품에 불과하다. 식료품의 이름을 따와 자기 이름을 짓는다? 적어도 만마전에선 그런 경우를 한 번도 본 적 없다.

게다가…….

"이런 거 한 번 본 적 있는 것 같단 말이지."

나는 기이한 기시감을 느꼈다.

줄리아 시저의 이름이 떠올랐다. 정확히는 그녀의 이름을 지어준 양부의 이름을.

브뤼스만 라이언폴드.

여기에서 나는 그 자칭 악마 황제, 알렉산드로스란 놈의 배후에 그놈이 서 있을 가능성을 떠올리지 않을 수 없었다.

*　　　*　　　*

여기에서 브뤼스만의 이름을 떠올리는 것은 어찌 보면 뜬금없는 발상이지만, 아주 근거 없는 발상인 것만은 아니다.

그 브뤼스만이 일전에 교단의 독재관으로 세우려 했던 게 줄리아 시저였다. 율리우스 카이사르를 영어식으로 읽은, 그다지 의도를 숨길 생각조차 없어 보였던 양녀의 이름. 그리고 그 계획의 이름 또한 카이사르 계획이라 명명됐다.

이거 하나만이 아니다. 그 전엔 신 가나안 계획도 있었다. 비록 모세나 여호수아 같은 이름을 지닌 놈이 튀어나오진 않았지만, 그 계획의 중추적인 역할을 수행한 게 바로 브뤼스만이었다.

놈의 취향은 일관적이었다. 그 연장선상에서 볼 때, 알렉산드로스가 튀어나올 수도 있겠다는 생각은 그냥 망상으로 치워 버리기엔 지나치게 일직선상에 있었다.

"어디 악마 하나를 쿠폰으로 키워다가 알렉산드로스라고 이름 짓고 악마 제국을 만들라고 한 거면……."

딱 놈이 할 만한 짓이긴 했다. 카이사르 계획의 재탕이잖아.

"가능성이 없진 않죠. 더군다나 교단에서 실각한 브뤼스만이 만마전으로 왔을 가능성은 결코 낮지만은 않아요."

비토리야나도 나랑 같은 가설, 그러니까 제국의 배후에 브뤼스만이 도사리고 있을지도 모른다는 생각을 떠올린 모양이었다. 그러니 내게 이런 보고를 굳이 한 것이기도 했을 거고 말이다.

"어디서 연결 고리가 생겨났는지까지는 저도 모르지만, 브뤼스만은 만마전에도 영향력을 발휘하고 있었으니까요."

비토리야나의 시선이 루시피엘라를 향했다. 그러자 루시피엘라 역시 고개를 끄덕였다.

"저를 비토리야나에게 파견한 것도 그입니다. 전 그냥 심부름꾼에 가까운 존재이긴 했지만…… . 지금 와서 생각해 보면 그는 만마전의 좌표를 정확하게 알고 있었고, 만마전의 정세 또한 파악하고 있었습니다. 그럴 수 있었던 건 그 나름대로 끈을 갖고 있었기 때문이겠죠."

그랬군. 그렇다면…… .

"준비를 좀 단단히 할 필요가 있겠어."

"조심해서 나쁠 일은 없겠죠."

이때만 해도 난 상황을 그렇게 무겁게 여기지 않았다… 라고 하며 나중에 후회하지 않도록 주의해야겠다.

고작 알렉산드로스의 이름 하나만 갖고 이러는 것도 이상하긴 하다. 나도 그냥 우연이었으면 좋겠다. 그럼 다행이지.

하지만 우연의 일치가 아니라면, 진짜로 브뤼스만 라이언폴드가 튀어나와 버리면 큰일이다. 이미 겪어봤듯 [지배의 권능]은 꽤나 상대하기 골치 아픈 권능이니 말이다.

더군다나 여기는 만마전이다. 이기적이고 자기밖에 모르는 악마로 하여금 충성심을 부여하고 심지어 주인을 위해 스스로 자폭까지 선택하게 만드는 권능이다. 강력하지만 연계가 잘 안 되는 악마의 단점을 메우고도 남는다.

만약 진짜로 악마 제국의 배후에 브뤼스만이 서 있는 거라면, 저 제국은 실로 상대하기 버거운 적수가 될 것이다.

"마음 같아선 지금 당장 황금 함대를 동원해서 제국의 종심을 타격하고 싶군. 자칭 악마 황제가 더 크기 전에 말이야."

하지만 그건 지나치게 대담하고, 되돌릴 수 없는 과감한 수다.

물론 내게는 한 번 저지른 실수를 없었던 것으로 되돌릴 수단이 있긴 있다. 지금까지도 잘 써먹었던 [선험] 스킬과 [퀵세이브], [퀵로드] 스킬. 그런데 지금 당장은 그걸 써먹을 수 없다. 왜냐하면 [선험] 스킬이 여태까지 재사용 대기 시간에 걸려 있기 때문이다.

만마전에 와서 시간이 꽤 흘렀는데도 아직까지도 [선험]의 재사용 대기 시간이 돌아가지 않은 이유는 그 전에 그만큼 [선험]을 오래 사용하고 있었던 탓이다.

[선험] 스킬은 신성만 충분하면 스킬을 계속 유지할 수 있는 대신, 그 사용한 시간에 비례해서 재사용 대기 시간이 길어진다.

그리고 나는 혹시나 브뤼스만의 세력이 반격을 가해올까 싶어서 교단에 머무르는 동안은 [선험]을 유지하고 있었다.

노파심에서 짚어두자면, [선험] 스킬을 발동한 시점은 교단의 크루세이더와 만마전의 악마 대왕들이 대치 중인 전선에 합류하기 직전이었다. 그리고 [선험] 스킬을 해제한 건 교단에서 떠난 후의 일이었다.

거의 한 달 이상의 시간이 흐르는 동안 내내 [선험]을 유지하고 있었던 셈이다. 그렇다 보니 재사용 대기 시간도 그만큼 길수밖에 없었지.

레콩키스타를 마치고도 두 개의 악마 왕국을 추가로 점령하는 시간 동안도 아직 재사용 대기 시간이 끝나지 않을 정도로 말이다.

그래서 적어도 이 쿨타임 동안만은 좀 신중해야 할 필요가 있었다. 그 전까진 그저 착실하게, 정석적인 성장을 도모해야 했다.

뭐, 기다림은 길지 않을 것이다. 쿨타임도 곧 끝나니까. 스킬창을 켜 확인해 보니, 남은 시간은 이제 일주일도 안 남았다. 그때가 되면 [선혈]과 [퀵 세이브]를 쓰고 악마 제국에의 종심을 한 번쯤 타격해 보는 것도 나쁘지 않으리라.

*　　　　　*　　　　　*

레콩키스타를 완료하고도 우리의 왕국은 팽창을 멈추지 않았다. 그리고 그건 악마 제국도 마찬가지였다. 팽창을 거듭하는 우리의 왕국과 악마 제국이 부딪히는 건 시간문제였다.

그런데 문제가 발생했다.

우리는 비토리야나를 중심으로 한 일반적인 악마 왕국의 운영을 보았다. 그러니까 싸워서 이기고 정복하면 적 왕국의 악마 왕을 처형해 그 코어를 집어삼키는 클래식한 운영 말이다.

반면, 제국은 점령한 지역을 제후국으로 두고 사로잡은 악마 왕을 통해 지구적인 방식으로 봉건적인 질서를 세워 나가고 있었다. 지구 기준으론 중세지만, 만마전 기준으론 꽤나 선진적인 방식이라 할 수 있었다.

그리고 이 차이는 꽤나 자존심 상하는 결과로 이어졌다.

"제국 쪽에 항복을? 또?"

제국과 우리 왕국의 팽창 경쟁 사이에 낀 중소 악마 왕들은 빠르게 판단했다. 우리와 맞서 싸우다 패배하면 목숨이 날아가지만, 제국에 항복하면 제후국이 될 뿐 목숨은 건진다. 그러니 제국에 항복하는 것이 이득이다. 이렇게 말이다.

"…네."

지구 역사에 꽤나 해박했음에도 불구하고 이 결과까지는 미처 예상하지 못한 듯, 비토리야나는 시무룩하니 고개를 떨어뜨렸다.

우리는 싸워서 죽이고 정복해서 적을 잡아먹는 과정을 거치는 것에 반해, 제국은 그저 항복을 청해오는 왕국을 받아들이기만 하면 되니 팽창 속도에 극적인 차이가 빚어지고 있었다.

결과적으로만 보면 팽창 경쟁에서 우리가 패배한 셈이 되어 버리고 말았다.

"그렇다고 우리의 방법을 바꿀 수는 없어."

이렇게 될 줄 알았음에도 내가 기존의 방식을 고수한 이유는 크게 두 가지가 있었다.

첫째, 우리는 제국에 비해 악마를 죽임으로써 얻는 것이 많다.

경험치, 신성, 비토리야나의 마기, 그리고 혁명력. 애초에 나는 레벨을 올리러 만마전에 온 것이다. 악마를 살려둔다는 선택은 할 수가 없다.

둘째, 우리에겐 황금 전함이 있고, [선험]의 재사용 대기 시간이 모두 지났다.

팽창 경쟁에서 지는 것에 큰 의미를 둘 필요가 없다. 영토가 넓고 휘하에 악마 왕이 많다고 무슨 의미가 있겠는가? 어차피 종심 타격을 가해 악마 황제를 죽이면 다 끝인데.

"그러니까 너무 마음 쓰지 마."

나는 그렇게 비토리야나를 위로했다. 내 위로의 말에 팔짝 팔짝 뛰기 시작하는 비토리야나를 외면하고, 나는 시스템 메시지 쪽을 보았다.

―[시대정신의 나무] 육성에 성공. 혁명력 +10

[시대정신의 새싹]은 내가 악마를 죽일 때마다 조금씩 자라나더니, 얼마 전에 이렇게 컸다. 악마의 피를 먹고 자라는 건가, 이 나무는! …뭐, 그럴 리는 없겠지. 아마도 내가 혁명력을 모을 때마다 반응해서 자라나는 것일 터였다.

[시대정신의 나무]: 개화에 필요한 조건이 만족되었습니다.

이 패턴은 씨앗 때와 같다. 개화시키려면… 스킬을 써줘야겠지? 아마도. 지난번과 같은 패턴이라면 말이다. 문제는 개화시키는 스킬이 없다는 거지만……

"흠."

잠깐 생각하던 나는 [이진혁]을 사용해 돌을 달궜다. 그리고 인벤토리에서 생고기를 꺼내서 바로 올렸다.

치이이이익!

고기 구워지는 소리가 끝내줬다.

"일단 밥부터 먹고 생각해 보자."

오늘은 고기를 많이 구울 생각이었다. 쇠고기, 돼지고기, 닭고기. 오랜만에 위장 한계돌파를 할 셈이었다. 왜냐하면 다음 레벨 업까지 남은 경험치가 얼마 안 됐기 때문이다.

이름: 이진혁

직업: 세계혁명가

레벨: 14 (99.98%)

적어도 이 0.02%를 채울 때까지는 먹어 치워야 했다. 바로 오늘 [선험] 스킬의 쿨타임이 다 돌았음에도 불구하고, 나는 이것 때문에 제국을 향한 종심타격까지 뒤로 미뤘다. 기왕이면 스킬을 얻고 가는 게 좋잖아?

"자, 이거부터 먼저 먹자."

나는 얼음이 살짝 낄 정도로 적당하게 언 쇠고기를 일정하게 썰어 양념한 후 계란 노른자에 신선한 배를 얹어 장식한 일품 쇠고기 육회를 내 앞에 내려놓았다.

이제까지 많은 우여곡절이 있었지만 용케 안 갈고 남겨둔 [오병이어]가 즉시 그 권능을 발휘해, 비토리야나는 물론이고 모든 일행의 앞에 육회가 뿅 나타났다. 이 스킬, 진짜로 권능급인 건 아니지만 진짜 권능급 아니냐는 생각이 지금 와서도 들었다.

"에피타이저다."

오늘의 메뉴는 에피타이저부터 후식, 디저트까지 전부 고기다. 왜냐면 고기는 빛이고 진리이며 생명인 동시에, ⋯아무튼 최고니까.

그렇게 먹고 먹고 또 먹은 결과.

나는 세계혁명가 15레벨에 올랐다.

*　　　*　　　*

[시대정신의 개화]
―등급: 세계 상위(World Elite)
―숙련도: 연습 랭크
―설명: 발아한 [시대정신]을 꽃피울 수 있다.

이게 세계혁명가 15레벨 스킬이었다.

"예상대로군."

별로 기꺼운 예상은 아니었으나, 어쨌든 예상대로의 스킬이 나왔다.

2차 히든 전직 직업의 15레벨까지 와서도 시대정신 타령을 하는 게 솔직히 마음에 들진 않지만, 어쨌든 써봐야겠지. 나는 바로 스킬을 사용해 봤다. 그러자…….

―[시대정신의 나무]가 개화했습니다.

―시대가 진전했습니다.

―새로운 시대!

뭐가 뭔지는 몰라도 뭔가 일어났다!

―세계가 혁명가의 혁명을 기대합니다.

―혁명가는 새로운 시대에 거대한 카리스마를 얻습니다.

"뭐에요? 무슨 일이에요?"

"로드!"

간밤 내내 위장에 쑤셔 넣은 대량의 고기를 소화시키느라 적당히 널브러져 쉬고 있던 안젤라와 키르드가 벌떡 일어나

날 불렀다. 아무래도 방금 전에 떴던 시스템 메시지는 내게만 보인 게 아닌 모양이었다.

"키드르, 나한테서 거대한 카리스마 같은 게 느껴져?"

"로드는 항상 거대한 카리스마를 품고 계세요!"

귀엽긴 한데, 내가 바랐던 대답은 아니었다. 그래서 질문을 좀 바꿔보았다.

"나 뭔가 좀 바뀌어 보여?"

"로드는 항상 거대한 카리스마를 품고 계세요!"

앵무새니?

"안젤라는?"

"전 항상 선배 편이에요."

애매한 대답하지 말아줄래?

"루시피엘라는? 어디 있어?"

내가 묻는 말을 끝까지 하기도 전에, 루시피엘라와 비토리야나가 이쪽을 향해 날아오는 모습이 보였다. 그들도 갑자기 나타난 시스템 메시지에 놀라 자다 깬 모양인지 머리 모양이 좀 부스스했다.

"아뇨, 평소와 같습니다."

"서방님은 늘 매력적이세요!"

그리고 이 둘의 반응도 다른 둘과 별다를 바 없었다. 이렇다 보니 나로서도 고개를 갸웃거릴 수밖에 없었다.

"…혹시 나 말고 다른 혁명가가 있는 건가?"

세계혁명가라는 직업을 달고 있으면서도 이런 생각이 들 정도였다.

그러나 나는 곧 그 생각이 틀렸음을 알게 된다.

*　　　　*　　　　*

악마 황제 알렉산드로스는 당혹스러워 하고 있었다.

지난 몇 달간, 그는 찬란한 시간을 보냈다. 자랑스러운 영광의 시대였다.

버러지 같던 일개 악마가 우연한 기회에 힘을 얻었다. 그 힘으로 자신을 막아서는 모든 것을 쓸어 죽이다가 한 왕국의 왕이 되었고, 그의 왕국은 정복에 정복을 거듭하다 급기야는 누구나가 다 인정할 제국을 이룩했다.

만마전이 악마의 땅이 된 이래 최초로 세워진 제국이었다. 그 어떤 악마 대왕도 이루지 못한 업적이었다. 제국의 강역은 역사상 세워졌던 그 어떤 위대한 대왕의 왕국보다도 넓었으며, 생산하는 마기의 양도 몇 배 수준이나 되었고, 그 인구수는 비견조차 할 수 없었다.

그럼에도 제국은 여전히 팽창 중이었고, 이윽고 만마전 전체를 정복해 낼 참이었다.

그렇게 되면 알렉산드로스는 단순한 황제가 아니라 세계의 주인, 세계 황제의 좌에 등극하게 되리라. 이미 그는 세상의 그 어떤 악마보다도 위대하나, 그때가 되면 만마전의 그 어떤 악마도 그의 이름을 잊지 못하게 되리라.

지극히 악마다운 야망이 알렉산드로스의 가슴을 들끓게 하고 있었다.

그러나 그것도 어제까지 꾸던 꿈에 불과해졌다.

제국은 무너져 내리고 있었다. 그것도 외적의 침입에 의해서가 아니라, 내부에서부터 붕괴하고 있었다.

제국 곳곳에서 반란이 일어나고 있었다.

사실 악마 제국의 체제는 꽤나 느슨했는데, 기본적으로 악마가 약자는 짓밟지만 강자에게는 철저하게 숙이는 비루한 습성을 전제로 한 체제이기 때문이다. 단순히 악마 왕을 휘하에 받아들이고 제후국으로 삼는 것만으로 제국의 통치는 큰 문제없이 이뤄진다.

그런데 이 기본 전제가 무너졌다.

강자에게 절대복종하던 악마들이 변했다. 기존에는 반란 같은 건 생각도 못 할 악마들이 행정의 공백지에서 마기의 납세를 거부하고 들고 일어났다. 제 입으로 항복을 말하던 제후국의 악마 왕들도 독립을 외치고 있었다.

지금 와서 다시 돌이켜 보면 원인은 명백했다. 얼마 전에 세계 전역에 선포된 시스템 메시지가 그것이었다.

이 세계는 고위 악마들이 연 마계의 침식으로 죽은 지 오래다. 그럼에도 메시지를 보낼 여력이 어떻게 남아 있었는가에 대한 고찰은 나중으로 미뤄도 된다.

중요한 건 메시지의 내용이었다.

─[시대정신]이 개화했습니다.
─새로운 시대!

이 메시지가 나타난 시점을 기준으로, 악마들이 더 이상 강자지존을 미덕으로 여기지 않기 시작한 게 이 모든 문제의 근원이었다.

악마들의 생존 본능까지 없어진 건 아니기에, 알렉산드로스 황제가 눈앞에 있을 때는 제후들도 복종하는 척을 한다. 그러나 황제가 자리를 비우면 곧장 다른 마음을 품고 반역을 계획한다. 휘하의 악마 대왕은 물론이고 악마 왕, 하다못해 일개 남작조차도 독립을 꿈꾸는 판이다.

그 여파는 지금도 제국을 잠식하고 있다. 저급한 악마 군주들이 마구잡이로 연 마계로 인해 제국의 경계선은 얼룩덜룩해졌다.

상황이 이런데 마기의 조공이 제대로 이뤄질 리가 없다. 반란을 일으킨 악마 왕의 목을 치고 그 코어를 삼키는 것에도 이제는 신물이 날 정도였다.

"대체 시대정신이란 게 뭔데 이러는 건데?!"

제국의 황제, 알렉산드로스가 그렇게 탄식하듯 외쳤다. 그러자 그의 탄식을 조롱하기라도 하듯, 시스템 메시지가 갱신되었다.

─기존의 시대정신인 약육강식이 폐기되었습니다. 세계의 구성원들은 더 이상 약자라는 이유 하나만으로 강자에게 무조건적으로 굴복하지 않습니다.

─세계의 구성원들은 새로운 시대정신으로 자결주의를 택했습니다. 이 시대정신에 입각하여, 세계의 각 구성원은 자신의 운명을 스스로 개척해야 합니다.

─구체제 질서인 봉건제에 균열이 가기 시작합니다. 질서를 세우기 위해서는 혁명을 이루거나 혁명을 막아서야 합니다. 혁명에 성공하면 새로운 질서가, 혁명을 막는 것에 성공하면 구체제 질서가 자리 잡게 됩니다.

─현재 이 세계에 존재하는 혁명가: 1

"이, 이건……!"

위기감이 알렉산드로스를 사로잡았다. 메시지의 내용 중

그가 이해할 수 있는 건 제한되어 있었다. 애초에 그는 생각하는 것에 익숙하지 않았다. 그가 잘하는 건 명령에 따르는 거였다.

그런데 만마전의 만인지상인 악마 황제에게 명령을 내릴 수 있는 이는 없다. 적어도 악마 중에서는 그러했다.

"주, 주인님!"

그럼에도 불구하고 알렉산드로스는 그렇게 중얼거리며 곧바로 귀환 스킬을 사용해 황제 직할령의 악마성 옥좌로 돌아왔다.

"화, 황제 폐하! 어찌하여 이리 일찍……."

옥좌로 돌아온 알렉산드로스가 본 것은 자신의 옥좌에 멋대로 앉은 시종마였다. 이쯤 되면 화가 나지도 않는다. 가볍게 시종마의 목을 쳐 버린 그는 곧장 옥좌 뒤의 비밀 통로를 사용해 악마성 지하로 향했다.

악마성 지하에는 거대한 공동이 형성되어 있었으며, 그 공동의 한쪽 구석에 작고 허름한 오두막 한 채가 서 있었다.

알렉산드로스는 그 오두막으로 향했다. 그러곤 다른 악마들이 보면 두 눈을 의심할 광경이 펼쳐졌다. 조심스러운 태도로 오두막 앞에 선 악마 황제가 문에 노크를 두 번 하고, 그 자리에 그대로 부복하는 모습이 그것이었다.

"주인님, 부름을 받지도 않음에도 외람되게도 배알을 청함을 용서하여 주시기 바랍니다. 신, 알렉산드로스이옵니다."

놀라운 일은 그것으로 끝나지 않았다. 황제의 입에서 극경어체가 튀어나오는 게 아닌가? 더욱이 그 고개를 거의 바닥에 처박듯 숙이고 있었다. 그렇게 기다리고 있으려니, 얼마 지나지 않아 오두막의 문이 벌컥 열렸다.

오두막의 주인은 모습을 드러내지 않은 채 목소리만이 들렸다.

"그래, 왔구나."

놀랍게도 악마 황제를 하대하는 존재가 그곳에 있었다. 더군다나 그는 악마조차 아니었다. 악마가 태생적으로 증오하는 대상인 천사였다.

그 천사의 정체는 다름 아닌 브뤼스만 라이언폴드였다.

＊　　　　＊　　　　＊

브뤼스만 라이언폴드는 나른하게 눈을 감았다 떴다.

그에게 있어 만마전은 익숙한 세계였다. 더럽고 혐오스럽지만 힘만 있다면 밑바닥에서도 꼭대기까지 기어 올라갈 수 있는 기회의 땅이기도 했다. 교단에서의 영향력을 뿌리 뽑힌 후 모든 것을 잃었던 그가 만마전으로 온 건 그런 이유였다.

브뤼스만은 만마전에 오자마자 적당한 악마 하나를 사로잡아 무릎 꿇렸고, 놈을 악마 황제로까지 만들어냈다. 그건 그에게 있어 별로 어려운 일이 아니었다. 다른 자를 강하게 만드는 것에 특화되어 있는 그의 능력을 발휘하기만 하면 될 뿐이었으니.

브뤼스만의 뜻에 따라 자신의 이름까지도 알렉산드로스로 고친 악마는 성공적으로 정복 사업을 벌였다. 악마들을 상대하는 데는 힘만 있으면 된다. 머리를 쓸 일은 없었다.

모든 것은 순조로웠다. 악마 제국의 힘은 날이 갈수록 불어가고 있었다. 브뤼스만의 책략 덕이었다.

약자 착취를 즐기는 악마들만으로는 이 정도로 급격히 힘을 불려 나갈 수 있을 리 없다. 마기의 생산을 권장하고 목표에 도달하면 보상을 주는 시스템은 악마들의 성장을 가속화했다.

물론 대외적으로는 보상을 선전하고 내부적으로는 세금조로 걷는 마기량을 늘리는 편법을 쓰긴 했지만, 이 편법이 악마들에게 들키는 건 시간이 꽤 오래 지난 후일 거고 그때면 이미 목표량을 달성한 후일 것이다.

그 결과, 지금 이 시점에 도달해선 제국의 힘은 설령 교단이 제대로 된 토벌군을 보내도 큰 어려움 없이 물리칠 정도가 되었다. 아직까지는 이쪽에서 원정을 나갈 정도의 자신감은 없지만, 거기까지 가는 데 오랜 기다림을 요하진 않을 터였다.

그럴 터였는데…….

"혁명이라. 혁명인가."

브뤼스만은 씁쓸히 고개를 저었다. 그가 만마전을 선택한 이유가 사라졌음을 그는 불과 몇 분 전에 알았다. 기껏 쌓아 올렸던 제국은 무너져 내리고 있었다. 이제부터는 더 이상 제국이라 부를 수도 없는 누더기가 되어가겠지.

"아니, 아직 끝나지는 않았나."

혁명가를 찾아내 잡아 죽이면 기존 질서인 봉건제는 유지되고 새로운 시대정신은 꺾일 테니, 제국 또한 명맥을 유지할 수 있게 될 것이다.

혁명가를 찾아내는 건 어렵지 않다. 시대가 혁명가를 원하니, 세계 구성원들이 멋대로 세력을 형성하고 혁명가를 리더로 만들어 올릴 것이다. 그걸 찾아내 처치하면 끝나는 이야기다.

그러나 브뤼스만이 바랐던 건 만마전을 하나의 제국으로 통합하여 그 결속된 힘으로 교단을 멸망시키는 거였으니. 이 혁명으로 인해 그의 목적을 이루기까지 소요되는 시간이 크게 늘어나 버린 것에는 역시 망연함을 느낄 수밖에 없었다.

"주인님, 부름을 받지도 않음에도 외람되게도 배알을 청함을 용서하여 주시기 바랍니다. 신, 알렉산드로스이옵니다."

악마 황제 알렉산드로스가 그의 오두막에 방문한 때가 그

즈음이었다.

"그래, 왔구나."

슬슬 올 때가 되었다고 생각했다. 이 정도의 일을 혼자 처리할 수 있을 리가 없으니, 어찌할 바를 몰라 명령이라도 받기 위해 울며 오리라고 말이다.

원래부터도 머리가 그리 좋은 녀석은 아니다. 더군다나 브뤼스만은 일부러 이 녀석의 지능을 올리지 않은 채 그냥 내버려 두었다. 도구가 스스로 생각할 필요는 없다는 이유에서였다.

그만큼 손이 많이 가 귀찮기는 하지만, 그래서 그런지 전의 것보다 애착이 가기도 한다.

'카자크 놈. 확보하게 되면 그냥은 죽이지 않겠다.'

브뤼스만은 잠깐 '전의 것'을 떠올리며 이를 갈았지만, 그것도 길지는 않았다. 갑작스레 분노하는 주인을 보고 공포에 젖어 바들바들 떠는, 외견과는 달리 귀여운 구석이 있는 악마 황제가 조금 불쌍하기도 했으니.

"귀찮아졌군."

"소, 송구하나이다."

이 모든 사태가 마치 자신의 잘못인 듯 고개를 조아리는 알렉산드로스를 보니, 브뤼스만은 더 이상 이 충성스러운 부하를 상대로 화풀이할 마음이 들지 않았다.

"가서 악마 대왕들을 붙잡아, 모아 오라."

브뤼스만은 악마 대왕들에게 [지배의 권능]을 내려 자신을 따르게 할 셈이었다. 눈앞의 알렉산드로스가 그러하듯, 제아무리 자결주의 시대정신에 휩쓸렸다 하더라도 [지배의 권능]마저 무시하지는 못할 테니.

직접 나서야 하는 귀찮음 때문에 짜증이 다시 솟기는 했지만, 브뤼스만은 꾹 눌러 참고 눈앞의 멍청한 것에게 계속해서 말했다.

"그저 말만 전하면 오지 않을 것이니, 네가 직접 가 제압해 데려와야 할 것이다."

직접 이렇게 명령을 내려두지 않으면 혹시나 하던 대로 할 위험이 있었다. 원체 멍청한 것이니 말이다.

"아, 알겠습니다."

아니나 다를까, 뭔가 깨달음이라도 얻은 듯 놀라며 말을 더 듣는 꼴을 보자 속이 탔다. 그냥 내버려 뒀다면 어떤 사단이 났을지. 브뤼스만은 혀를 찼다.

그러나 그 거대한 체구와 막대한 마기, 그리고 브뤼스만이 직접 부여한 스킬들을 감안하면 무력만큼은 믿음직하니 그것은 다행이었다. 모든 악마 대왕들을 혼자 제압하고 끌고 오는 데 전혀 부족함이 없을 터. 브뤼스만은 한시름 놓았다.

"…맥주가 당기는군."

알렉산드로스를 보내고 낡은 소파에 몸을 누인 브뤼스만은 그렇게 투덜거렸다. 이 만마전에서 다른 모든 건 다 어렵지 않게 구해도 술만큼은 어떻게 안 되니 답답한 노릇이었다.

Chapter 7

"뭐야, 뭐야, 뭐야?"

새로 얻은 스킬을 한 번 써본 후엔 바로 제국 중심부를 타격하려고 계획했었는데, 내가 타격하기도 전에 이미 제국이 혼란에 빠져 자중지란을 일으키고 있다는 소식에는 놀라움을 금할 수 없었다.

"뭐가 어떻게 되어가고 있는 거야?"

그나마 비토리야나가 있어서 다행이었다. 풀어놓은 정탐마들이 가져오는 소식에 비토리야나는 입술이 마를 새도 없이 내게 과다한 정보를 말해주고 있었다.

"황제는 여기저기 돌아다니며 반란을 수습하기에 여념이 없어요."

"그야 그럴 테지."

이런 상황에 악마 황제 알렉산드로스가 악마성에 머물고 있을 리는 없다. 가장 확실한 전력이면서 배반할 염려가 없는 게 황제 본인이니 말이다. 적의 입장에서 보기에도 명령만 내려놓고 악마성에 가만히 눌러앉아 있을 상황이 아니었다.

"그럼 황제만 쳐서 잡아먹는다는 계획을 쓸 수 없게 됐잖아?"

황제가 악마성에 돌아오자마자 강습을 걸어 놈의 대가리를 깨자는 계획이었는데, 지금은 황제의 위치가 계속 바뀌고 있으니 계획대로 움직이긴 글렀다.

"악마성을 부수고 옥좌를 깨부수면 그걸로 되지 않을까요?"

"그럼 황제를 못 죽이잖아."

악마성을 부수고 옥좌를 깨부순다고 황제가 소멸하는 것도 아니고, 그냥 마계가 강제로 닫힐 뿐이다. 정작 중요한 황제는 그냥 남는다. 그것도 자신에게 강습을 걸 수 있는 강력한 적이 있다는 사실을 인지한 상태로!

물론 그것만으로 타격을 줄 수 있는 건 맞다. 고려해도 되는 선택지 중 하나이긴 하다. 더군다나 이제는 [선험]의 쿨타임도 다 돌았으니 조금 과감한 선택을 하고 잘못되면 시점을 되돌릴 수도 있다.

그러나 그것보다 더 큰 문제는 지금 무슨 일이 벌어지고 있는지 내가 잘 모르겠다는 거였다.

자결주의? 봉건제에 균열이 가? 그리고 혁명가는 단 한 명? 이 혁명가는 나를 가리키는 게 맞나? 그보다… 이 모든 사단이 내가 멋모르고 내지른 스킬 하나로 인해 일어난 게 진짜일까?

아니, 사실 난 모르고 싶었다. 그러나 내 직감은 날카롭게 진실을 꿰뚫어주고 있었다. 이 모든 사단은 내 스킬, [시대정신]의 개화]로 인해 일어난 게 맞다고 말이다!

"…아무 생각 없이 아무 데나 쓰면 안 되는 스킬이었잖아, 이거?"

알고 보니 세계혁명가의 스킬들은 세계 전체의 운명을 바꿔 놓는 힘을 지니고 있었다. 만약 이 세계가 악마들만 잔뜩 우글거리는 만마전이 아니었다면, 나는 비싼 혁명력 들여서 스킬을 쓰고도 후회할 뻔했다.

하지만 여긴 만마전이다. 스킬의 민폐가 아무리 크더라도 그 민폐를 끼치는 대상이 악마들이라면 굳이 죄책감을 느낄 필요도 없으리라. 뭐, 앞으론 조심해서 쓰면 되겠지. 그 정도 인식이면 족했다.

"좋아, 생각이 정리되기 시작했어."

비토리야나의 보고가 잦아들고, 지금 정세가 어떻게 돌아가고 있는지 대충 이해가 되기 시작했다. 그리고 내가 내린 결론은 이거였다.

"아무튼 좋은 기회이긴 하네."

장기적으로 보자면 우리 세력과 악마 제국의 팽창 경쟁은 제국의 승리로 끝날 뻔했다. 팽창 속도 자체가 워낙 빠른 데다, 우리 입장에선 적이 늘어나기만 했으니 결과적으로 우리 세력은 포위당해 말라 죽을 뻔했다. 애초에 강습을 생각했던 것도 그런 이유였고 말이다.

그런데 이 새로운 시대정신의 개화를 통해 그러한 전망은 뒤집어졌다.

제국 전체는 혼란에 잠겼지만 우리 세력은 그렇지 않았다. 왜냐면 우린 어차피 악마들을 다 죽이니까. 반란을 일으킬 휘하의 악마 부대가 없으니 혼란도 일어날 턱이 없다.

그러니 굳이 불리한 상황을 엎겠다고 제국 중심에 강습한다는 무리수를 둘 이유가 사라져 버렸다.

이젠 우리가 유리하니까 말이다.

"그냥 제국에 쳐들어가기만 하면 되게 생겼네?"

적 세력은 내분으로 망가지고 무너지고 있지만 우리의 전력은 보전된 상태니, 그냥 맞싸움을 걸어도 적어도 손해는 보지 않으리라는 계산이 섰다.

"저도… 저도 그렇게 생각해요."

악마 전문가 비토리야나 선생께서도 인증하셨다. 이건 절호의 기회 맞다. 이런 기회를 그냥 두고 넘어갈 순 없지.

"좋아, 결심했어. 지금 바로 공격 들어간다. 모두 준비시켜."

황제가 혼란을 수습하기 전에 친다! 시기는 이르면 이를수록 좋다. 나는 그렇게 결론을 내리곤 비토리야나에게 외쳤다.

"네, 서방님!"

비토리야나 또한 바로 움직였다.

자, 공격. 공격이다.

          *   *   *

제국을 무너뜨리는 신흥 세력이라는 구도는 꽤 멋지긴 하다. 이번 경우에는 제국도 신흥 세력이라는 점만 제한다면 말이다. 뭐, 구도 같은 걸 크게 신경 쓸 필요는 없다. 우리가 영화 찍는 것도 아니고 구도 따지고 있게 생겼나.

그건 그렇고, 상황이 꽤나 기괴하게 돌아가고 있었다. 우리가 제국으로의 진군을 결심한 그때, 아무래도 우리 외의 다른 악마 왕국들도 같은 선택을 한 모양이었다. 그뿐만이 아니다. 원래 제국 출신이었던 제후국들도 제국 중앙을 향해 진군을 선택했다.

만마전의 지형은 별로 좋은 편이 아니다. 산과 계곡, 늪지와 용암지대가 군대의 앞을 가로막는다. 물론 악마라는 존재는 기본적으로 강력한 편이지만, 군대의 진군에는 결국 편하고 안전한 길을 선택하기 마련이다.

하고자 하는 말이 뭐냐면, 제국을 향해 진군하는 세력들이 의도한 바 없이 점차 뭉치기 시작했다는 점이다.

그리고 그 중심에는 우리가 있었다.

"아니, 왜?"

당연하지만 우리는 악마를 적대하는 세력이다. 악마 황제와 그 제국뿐만 아니라 모든 악마들을 말이다. 이제까지도 수를 셀 수조차 없을 정도로 많은 악마들을 죽였다.

그리고 악마들 또한 본능에 따라 우릴 증오한다. 아니, 정확히는 안젤라와 키르드, 덤으로 루시피엘라를 증오하게 되어있다. 인간은 나는 먹잇감, 식료품 취급일 테고 말이다.

이렇든 저렇든 원래대로라면 악마들이 날 본 순간 먼저 달려들어야 정상이었다.

그러나 그런 일은 일어나지 않았다. 우리와 병렬로 서서 함께 진군하는 악마 세력들은 우리에게 선제공격을 하지 않았다. 그저 우리와 같은 방향으로, 제국을 향해 진군할 뿐.

"역시 선배가 혁명가였네요."

천사인 안젤라가 악마들과 같은 방향으로 걸으며 윙크를 했다. 상황이 이렇게까지 요상하게 돌아가는데 아무리 나라도 눈치 못 챌 수가 없다.

"…그런 모양이야."

시스템 메시지는 혁명가가 거대한 카리스마를 얻는다고 말했다. 그 카리스마가 작용했다는 것 외에, 이 기묘한 상황을 설명할 수 있는 근거는 달리 없었다.

적어도 내가 아는 한은 그러했다.

"카리스마라. 혹시 내가 이놈들한테 명령 내리면 따르려나?"

나는 우리와 같은 방향으로 진군 중인 악마 대군을 바라보며 뚱하니 중얼거렸다.

"해보면 되죠."

안젤라가 간단히도 답했다. 하기야, 굳이 복잡하게 받아들일 필요도 없는 문제다.

마침 전면에 우릴 막아선 군대가 보였다. 우리와 함께하지 않는 제국의 군대다. 나는 그것들을 향해 손가락을 쭈욱 뻗었다.

"전군."

내 목소리는 충분히 크다. 사실은 [텔레파시]를 활용해 시야 안에 있는 모든 악마들에게 강제로 정신파를 뿜어낸 거지만 그냥 그렇다고 해두자.

"돌격."

그 순간, 땅이 울렸다. 수많은 악마들이 동시에 땅을 박차고 앞을 향해 달려가는 소리였다.

울린 건 비단 땅만이 아니었다. 바람이 사방에서 찢어졌다. 비행 능력이 있는 악마들이 마치 로켓처럼 하늘을 가르고 난 탓이었다.

와아아아아아!!

악마들의 함성이 천지를 가득 채운 것처럼 느껴졌다. 그러나 그것도 잠시였다. 악마들이 뿜어내고 토해낸 불꽃과 번개와 그 외의 갖가지 에너지들이 각자의 적을 향해 날아들었고, 태우고 지지고 폭발시키고 갈아버리는 소리가 곧 함성을 대신했다.

"이게 되네."

내 한마디에 전쟁이 시작된 셈이다.

적들의 사기는 낮았다. 딱 봐도 억지로 등 떠밀려 전선에 나온 놈들이었고, 기회만 있으면 도망치려는 기색이 만연한 놈들이었다.

내 입장에선 놈들을 상대로 승리를 거두는 것보다 놈들이 도망치기 전에 잡는 게 더 어려울 지경이었다. 그리고 그거보다 어려운 게 내가 직접 놈들을 처치하는 것이었고.

악마들을 '우리 편'이라고 칭하는 데에 꽤 거부감이 들지만, 어쨌든 '우리 편' 악마가 더 많고 강력했다. 게다가 사기도 높고 더욱 의욕적이었다.

"제국을 쳐라!"

"구체제를 무너뜨려라!"

"황천이 지고 창천이 온다!"

…저렇게 뭔가 이상한 구호를 지르며 목숨을 아끼지 않고 돌격해 대는 '우리 편' 악마의 뒤통수를 꿰뚫어 버리지 않게 조심해야 했다. 그냥 꿰뚫어 죽여 버릴까, 하는 충동을 참는 것도 고역이었고 말이다.

"서방님. 아무래도 저것들, 우릴 유인하려는 것 같은데요."

직접 싸우는 대신 정찰마로 정보를 취하는 데 집중하고 있던 비토리야나가 문득 입을 열었다.

"이것들은 미끼예요."

진형을 무너뜨린 채 마구잡이로 도망치는 제국군의 적 악마 부대를 가리키며 하는 말이었다.

이야기를 듣고 보니 도망치는 방향이 이상했다. 정말 겁에 질려 도망치는 거라면 위협으로부터 되도록 멀리, 그것도 뿔뿔이 흩어져 도망가려는 게 겁쟁이들의 행동 양상일 텐데. 저것들은 굳이 방향 전환까지 해가며 다들 같은 방향으로 가고 있었다.

아무래도 함정 맞는 것 같은데. 음, 우리만 빠질까?

도망자들의 뒤를 쫓는 악마들은 완전히 흥분해서 내 명령 따윈 들을 것 같지도 않았다. 아니, 애초에 내가 명령권자인 것도 아니다. 내 입으로 전군 돌격을 외치긴 했지만……!

에잇, 진짜.

"전군 제자리 서."

솔직히 듣든지 말든지 나랑 상관없다는 생각으로, 나는 그렇게 명령을 내렸다.

척.

그러자 있던 자리에 발을 딛고 서는 단 한 번의 소리가 절도 있게 울려 퍼지고, 그 뒤에는 정신없이 도망치는 적들의 허둥대는 소음만이 남았다.

이게 뜻하는 바는 실로 명백했다.

"아니, 진짜로?"

악마들이 내 명령을 듣는다!

한 번 일어난 일이면 우연이라도 하겠는데, 두 번이나 같은 일이 일어나면 더 이상 우연이라 치부할 수가 없다. 게다가 이번에는 나아가라는 것보다 더 어려운, 멈추라는 명령을 했다. 이걸 완벽하게 따르니, 이들이 진짜로 내 말을 듣는다는 실감이 날 수밖에 없었다.

사람 마음이라는 것이 묘하다. 아무리 찬찬히 뜯어봐도 호감이 가는 요소가 더 적은 데다, 인류종을 식료품으로밖에 생각 안 하며, 애초에 생물인지조차 의문인 악마종들이다. 그런데 이런 악마 놈들이라도 내 명령을 들으니 묘한 책임감이 생기는 것 같았다.

"도망치는 놈들은 내버려 두고, 제국의 심장을 향해 전진한다."

두 번 일어난 일은 세 번도 일어나리라. 이제는 묘한 기대마저 품은 채, 조금은 복잡한 지시를 내려보았다.

"우오오오오!"

"제국의 심장을 향하여!"

"혁명을 위하여!!"

"창천이 도래할지니!!"

그러자 함성이 일었다.

"저, 로드. 저 조금 무서워졌어요."

그 광경을 보고 있던 키르드가 문득 입을 열었다.

"그래, 키르드. 이해한다."

나도 무섭거든.

허세 부리느라 입 밖으로 내진 않았지만 말이다.

*　　　　*　　　　*

브뤼스만은 알렉산드로스에게서 보고를 받았다.

제국 전역에서 외적들과 반란군들이 몰려오고 있었다. 동서남북, 어느 방향을 봐도 몰려오는 적들이 보였다. 제국 최대의 위기였다.

그러나 모인지 몇 시간도 안 된 놈들이 제대로 된 연계를 취할 수 있을 리 없다. 더욱이 시대정신인지 뭔지에 취해 마구잡이로 달려드는 놈들을 격파하는 건 그리 어려운 일이 아니었다.

물량에는 장사가 없어 전선이 밀리고는 있었지만, 크게 걱정할 일은 아니었다. 각 방위의 최종 방위선에는 악마 대왕들이 배치되어 있으니 말이다. 대왕들은 이미 브뤼스만으로부터 [지배의 권능]을 받은 후라 반란을 일으키리란 걱정은 할 필요가 없었다.

더불어 아무리 시대정신이 자결주의라 한들, 스스로의 의지로 제국 측에 서기를 택한 악마 군주들도 있었다. 원래도 소수 있었지만, 제국에 충성을 맹세하면 그 즉시 보상을 내린 게 주효했다.

그 보상이란 게 악마 특유의 부활 능력을 없애는 대신 대량의 마기를 즉시 발생시켜 존재의 격을 상승시키는 환단을 지급하는 거였다.

이 환단의 장점은 죽어보기 전까진 그 부작용에 대해 알아차리기 힘들다는 점이었다. 그리고 다른 악마에게 부작용을 알리는 것이 불가능한 것 또한 좋은 장점이다. 한 번 죽으면 그대로 완전히 죽어버리니 말이다.

환단의 수량에는 한계가 있었고, 따라서 환단을 받을 수 있었던 건 군주급 정도였다. 그 휘하의 병사들은 별다른 보상도 없이 억지로 전선에 내몰리는 셈이라 사기도 낮고 통솔도 잘 되지 않았지만 큰 상관은 없었다.

요는 반란군의 전력을 충분히 깎아놓기만 하면 된다. 충성스러운 악마 대왕들이 감당할 수 있을 정도로만 전력을 깎고 나면, 최종방위선에서 황제가 직접 이끄는 군대로 막으면 해결될 일이다.

상황은 불리하긴 하지만 그래도 생각대로 돌아가고 있었다. 서쪽과 북쪽, 그리고 남쪽에서 오는 세력들은 순조롭게 그 세가 꺾이고 있었다. 각개격파당하고, 함정에 걸리고, 이런 역경으로 인해 내분이 일어나기도 하며 말이다.

그러나 동쪽으로 몰려오는 군대는 그 기세가 사뭇 달랐다. 사기도 높았고, 규율이 서 있었으며, 마지막으로 함정에도 걸리지 않아 군세를 거의 잃지 않았다.

"그곳에 혁명가가 있군."

알렉산드로스에게 그 보고를 받자마자, 브뤼스만은 자리에서 일어났다.

혁명가만 죽이면 시대의 질서는 유지된다. 더 빨리 제국의 힘을 모아 자신의 안전을 확보하고, 나아가 교단을 침략할 전력을 손에 넣으려면 지금 당장이라도 혁명가를 쳐 죽여야 한다.

"너와 네가 놈들을 막는다."

"주인님께서 말입니까?"

손 하나도 아쉬운 상황이다. 어쩔 수 없다. 브뤼스만도 직접 나설 결심을 굳혔다. 일평생 가까이 흑막 속에서 살아왔었지만, 항상 그래왔던 건 아니다. 나설 때는 나설 줄 아는 것이 자신의 미덕이다. 적어도 브뤼스만 본인은 그렇게 생각했다.

"그래. 시간 없다. 빨리 가자."

"예, 옙!"

사실상의 최종 결전이다. 이 고비만 넘기면 모든 것이 그의 뜻대로 될 것이다.

브뤼스만은 그렇게 믿어 의심치 않았다.

*　　　　　*　　　　　*

처음에는 산이 움직이는 걸로 보였다. 그러나 그것이 뭔가 디딤 발인 걸 눈치채기까지 그리 오랜 시간을 필요로 하지는 않았다.

지평선에서부터, 긴 그림자를 늘어뜨리며 그것이 이쪽을 향해 다가오고 있었다.

"황제!"

"악마 황제다!"

"황천의 주인!!"

악마들의 웅성거림이 들렸다. 그제야 비로소 나는 터무니없을 만큼 거대한 존재의 정체가 악마 황제임을 눈치챌 수 있었다.

"거참, 더럽게 크네."

산처럼 크다. 발이. 그리고 그 산 두 개 위에 산보다도 큰 기둥 두 개가 얹어져 있고 그 위에는… 동체가 있겠지. 다른 악마들처럼 말이다.

거대한 악마 왕을 처음 본 건 아니다. 악마 왕들보다도 큰 악마 대왕들과도 조우했었고. 잡아 죽이기까지 했지. 우주 공간에서이긴 했지만.

하지만 악마 황제는 차원이 달랐다. 저런 크기의 생물이 이족 보행을 한다는 게 이해가 안 갈 정도로 말이다. 물리법칙은 저런 거대한 생물이 제대로 숨 쉬고 먹고살 수 없도록 되어 있지만, 악마한테 물리법칙을 적용하는 것 자체가 어리석은 일이다. 하물며 악마는 생물조차 아니다.

악마 황제는 혼자 온 게 아니었다. 자신보다 1/3 정도 크기의 악마 대왕도 거느리고 있었으며, 그 휘하에 악마 왕과 악마 군주들이 줄줄이 따라붙었다. 그들에 비하면 다른 악마들은 파리나 개미처럼 보였다. 악마 군주 중에도 남작급 정도는 치와와처럼 보일 정도니 당연하지.

크기 감각이 이상해질 것 같았다. 마치 목성과 지구의 크기 비교 그림을 처음 봤을 때처럼 말이다.

"우리, 이길 수 있을까?"

"이건 인류종으로 악마 대왕 치기야……!"

'우리 편' 악마들 쪽에서 공포가 번지기 시작했다. 그야 그렇다. 전력 차가 지나치게 컸다. 이쪽은 기껏해야 악마 왕이 최대 거물인데, 저쪽은 황제께서 친정에 납시셨다. 사기가 떨어질 만도 했다.

"…이대로 두면 안 되겠군."

이대로 겁을 먹고 흩어졌다간 오합지졸이 되어버릴 위험이 있었다. 아무리 악마들이라지만 지금은 우리 전력이다. 뭔가 수를 쓰긴 써야 했다.

"창천의 용사들이여."

나는 그렇게 운을 뗐다.

"저기에 황천의 문이 있다."

내 손가락 끝은 악마 황제, 알렉산드로스를 가리키고 있다.

"저 황천의 문을 닫으면, 창천의 문이 열리리니."

신기한 경험이었다. 나는 그저 운을 떼었을 뿐인데, 그 뒤에 뭐라고 말해야 할지가 술술 떠오른다. 마치 천재 음악가에게 악상이 저절로 떠오르는 것 같이. 물론 나는 천재 음악가가 아니기에 실제로 그런 경험을 해본 적은 없지만, 그렇다고 내가 천재 혁명가인 건 또 아니지만.

"닫아라! 그리하면 열릴 것이다!!"

내 입은 우렁차게 그렇게 소리를 질렀다.

"…닫아라. 그리하면 열릴 것이다!"

아주 잠깐의 정적 후, 누군가가 그렇게 복창했다.

"닫아라! 그리하면 열릴 것이다!!"

"닫아라! 그리하면 열릴 것이다!!"

그리고 그 복창은 어느새 혁명군 전체에 퍼져 나갔다. 바닥까지 떨어졌던 사기는 끓어올라 그 누구도 눈앞의 실체화된 죽음을 두려워하는 것 같지가 않았다.

그것뿐만이 아니었다. 푸른 기운이 혁명군을 뒤덮기 시작했다.

―혁명가에 의해 혁명군의 세력이 '창천'으로 정의되었습니다!

―앞으로 혁명군은 '창천군'이라 불릴 것입니다!

―사기 보너스 +10, 전투력 보너스 +10%

"…이게 혁명가의 힘인가."

나는 멍하니 중얼거렸다.

아니, 멍하니 있을 때가 아니다. 아무리 혁명군 버프를 받았다고 한들, 이 정도 버프 수준으로 악마 황제를 압도할 수 있는 건 아니다. 더욱이 아군에는 대왕 수준도 없다. 결론적으로는 우리가 잘해야 된다는 뜻이다. 정확히는 내가!

게다가 잊어서는 안 된다. 저 황제의 뒤에는 브뤼스만이 서 있을지도 모른다는 것을.

"브뤼스만을 끌어내리려면 일단 황제부터 쓰러뜨려야겠지."

내가 아는바, 브뤼스만은 흑막놀이를 좋아한다. 표현이 좀 그렇긴 하지만, 직접 나서는 경우가 드물다. 물론 내가 직접 놈과 대면을 해본 건 아니라, 거의 들은 이야기긴 하지만 한때 놈의 측근이었던 카자크에게서 들은 정보를 기반으로 하자면 그런 인상이 강하다.

"또 모르지. 황제를 쓰러뜨리고 나면 다른 곳으로 도망칠지도."

일어날지 어떨지도 모르는 미래의 일을 미리 거론해 봐야 의미가 없지만, 나는 일행의 사기를 올릴 겸 그렇게 놈을 비웃었다. 일행이란 악마들을 가리키는 게 아니라, 당연히 안젤라를 비롯한 우리 일행을 가리킨다.

내 농담이 아주 안 먹힌 건 아닌지, 일행 사이에서 잔잔한 웃음이 떠올랐다. 건곤일척의 세계대전 앞에서 지을 표정은 아니지만 긴장하거나 겁을 먹은 것보다야 훨씬 낫다.

혁명군과 제국군, 모두 진군을 멈추지 않았다. 충돌은 피할 수 없고, 피할 생각도 없었다. 우리도 그랬고, 놈들도 그런 모양이다.

"닫아라! 그리하면 열릴 것이다!!"

"닫아라! 그리하면 열릴 것이다!!"

창천군의 복창 소리는 더욱 커졌다. 분위기는 달아오를 대로 달아올랐다. 이제는 슬슬 돌격 명령을 내려도 될 것 같았다.

"하지만 그 전에……. 안젤라, 키르드."

"네, 선배!"

"알겠습니다, 로드!"

안젤라와 키르드가 날개를 펼치고 하늘로 날아올랐다. 만마전에서 천사의 날개를 펴고 날아오르는 그들의 모습은 주변의 다른 악마들에게는 사뭇 생경한 광경이겠지만 이것도 세계혁명가의 힘 덕일까, 내 일행인 그들을 공격하거나 적대시하는 '우리 편' 악마는 없었다.

그렇다면 이건 어떨까? 이걸 보고도 아무 생각이 없을 수 있을까?

"[축복받은 대지의 전함]."

인벤토리에서 전함을 꺼내자, 상공에 내 자랑거리 중 하나
인 황금 전함이 두 척이나 동시에 그 모습을 드러냈다. 한 척
은 만약을 위해 인벤토리에 대기시켜 놓았지만, 이걸로 끝이
아니지! 모습을 드러낸 황금 전함을 향해 나는 즉각 외쳤다.

"[금신전선 상유십이]!"

기함인 1번 함에 장착된 [축복받은 천자총통]의 옵션을 발
동시키자, 전함의 숫자가 12척 늘어났다. 아군도 놀랐고, 적들
도 움찔하는 모습이 보였다. 그러나 그들은 몰랐다. 아직 놀
라기에는 이르다는 사실을 말이다.

―준비됐어요, 선배!

―저도 함교에 자리 잡았습니다, 로드.

두 천사에게 맡길 일은 전함들의 조작이다. 굳이 두 척을
꺼내 둘에게 조종을 맡긴 건 어느 쪽이 기함인지 헷갈리게 만
들기 위한 꼼수였다. 뭐, 내 생각과 달리 제국군 측이 바로 전
함을 공격하지 않아 노파심에서 끝났지만. 좋은 게 좋은 거
다.

"좋아, 그렇다면……."

내릴 명령은 하나뿐이었다.

"주포 발사!"

＊　　　　　＊　　　　　＊

이진혁의 생각과는 달리, 브뤼스만 라이언폴드는 전장에 나와 있었다. 본 모습을 드러낸, 거대하기 그지없는 악마 황제의 그림자에 녹아든 모습으로 말이다.

"저건……. 저 황금색 전함!"

아무리 그가 그림자에 녹아들었다고 해도 그냥 눈 귀 다 가리고 숨어 있는 건 아니었다. 그 또한 상공에 갑자기 떠오른 황금 전함들을 목격했다.

"이진혁이 온 건가……! 만마전에!!"

브뤼스만도 황금 함대에 대해 알고 있었다. 그야 그렇다. 그는 크루세이더 함대와 황금 함대가 나누는 통신 기록을 가장 먼저 전해 들은 인물이었다. 그리고 자신의 계획을 완전히 망쳐 놓았던 그 운명의 날에, 교단의 하늘에 떠 있던 황금 함대의 존재도 기억하고 있었다.

브뤼스만은 잠깐 절망했으나, 곧 현실을 제대로 인식했다.

"놈은 악마들로 이뤄진 혁명군을 이끌고 있다. 즉, 놈은 교단과 함께 온 게 아니야."

그의 푸른 눈동자가 살의로 인해 번들거렸다.

"그렇다면 죽일 수 있다."

브뤼스만이 가장 증오하는 건 카자크였고, 그 다음은 교단이었다. 이진혁은 삼 순위쯤 되었다.

순위가 좀 낮다고 해도 증오하지 않는 것은 아니다. 그리고 무엇보다, 이진혁은 그의 완벽한 계획을 망쳐 놓은 가장 큰 변수이기도 했다.

브뤼스만은 이진혁에 대해 생각했다. 대체 무슨 수로 자신의 계획을 망쳐 놓은 건지 수많은 가설을 떠올리고 고찰했다. 그리고 그는 이러한 결론에 이르렀다.

"놈은 시간을 되돌릴 수 있다."

                    *   *   *

브뤼스만은 이제껏 이진혁이라는 남자의 존재에 대해 몇 번이나 위화감을 느꼈다. 지금까지 자신의 설계에서 벗어나 날뛴 적이 몇 번인가. 그게 한두 번이고 사소한 거였다면 별거 아니라 넘어갈 수 있었다. 그런데 지금은 그게 아니다.

놈이 아직 신 가나안에 머무르고 있을 때는 괜찮았다. 신 가나안은 너무 멀고 변경이라 브뤼스만의 영향력이 제한된 만큼 놈이 큰 그림을 망칠 가능성 또한 낮았으니까.

그러나 브뤼스만이 자침시키도록 명령한 크루세이더의 전함에서 크루세이더들을 미리 빼돌려 교단으로 데려온 건 결코 그냥 넘어갈 수 없을 정도로 큰 변수를 낳았다.

크루세이더 전함에 설치한 자폭용 폭탄의 존재는 놈의 입장에선 절대로 손에 넣을 수 없는 정보였다. 그런데도 놈은 미리 알고 대처했다.

'크루세이더 전함에 설치했던 자폭장치의 존재를 어떻게 알았지?'

가장 큰 의문은 이것이었다.

자폭장치를 설치한 건 크루세이더 소속이 아닌, 전함을 건조할 때 잠입시켰던 끄나풀들이었다. 그 끄나풀들은 폭탄을 설치하고 기폭장치를 브뤼스만에게 넘긴 후 모두 자살했다. 그들로부터 정보가 샐 리는 없다.

카자크가 미리 이진혁에게 정보를 전달했다는 것도 말이 안 된다. 카자크조차도 자침시키기 직전에나 알게 된 자폭장치다. 1,000명이 넘는 크루세이더들을 몇 분 되지도 않는 시간 동안 이동시키는 건 권능 스킬이라 해도 불가능하다.

모든 조건은 '이진혁이 미리 알고 있었다'가 정답임을 가리키고 있었다.

브뤼스만의 머리에 가장 먼저 떠오른 가능성은 이진혁이란 자가 예언이나 미래시 능력을 지닌 경우였으나, 동시에 그것은 가장 먼저 배제되었다. 왜냐하면 브뤼스만은 예언 혹은 미래시 등, 미래를 미리 엿보는 스킬을 무효화하는 능력을 지녔기 때문이다.

[차폐의 권능]

스킬로부터 자신의 존재를 감추는 이 권능 스킬은 미래시나 예언으로부터도 자신의 존재를 감출 수 있다. 그렇기에 브뤼스만은 예언가들의 계산에서 벗어난 곳에서 변수를 창출해 낼 수 있었다.

더군다나 권능으로 차폐한 스킬의 존재와 그 소유주도 알려주므로 만약 이진혁이 예언이나 미래시를 사용했다면 브뤼스만이 모를 수가 없었다.

물론 이 권능에도 한계는 있었다. 그 적이 직접 권능의 주인인 브뤼스만의 존재를 시야로 확인하면 제대로 차폐할 수가 없다는 점이 바로 그것이었다. 괜히 그가 막후에서의 조종을 선호하는 게 아니다.

그러나 이진혁이 이 약점을 찔렀다는 경우의 수는 떠올릴 필요조차 없었다. 브뤼스만이 이진혁과 직접 조우한 적은 단한 번도 없으니까. 바로 지금 이 순간까지도 그러했다.

그러니 다음 순서로 떠오르는 경우의 수가 시간을 되돌리는 능력 쪽이 되었다. 설령 브뤼스만의 존재가 차폐되었다고 한들, 시간을 되돌리는 능력이라면 브뤼스만의 변수를 무시한 결과만을 경험하고 돌아가기 때문에 [차폐의 권능]으로 완전히 봉쇄할 수 없었다.

그렇기에 브뤼스만은 이렇게 결론을 내렸다.

이진혁은 시간을 되돌릴 수 있다, 고.

"실로 위협적이군. 하지만 결정적이지는 않다."

이진혁의 위협적인 능력에 얽힌 수수께끼를 풀어내자마자, 브뤼스만은 승리를 직감했다.

"몰랐을 때는 모르고 당했지만, 미리 알았다면 대처할 방법이 있지."

브뤼스만은 여기에서 이진혁을 잡아먹기로 결정을 내렸다.

사실 나중으로 미뤄둔 승리였다. 그가 가장 먼저 처치할 건 카자크였고, 그다음 정복할 대상은 교단이었으므로. 그러나 눈앞에 이진혁이 나타난 이상, 식순을 바꾸지 않을 이유가 더 적었다.

"맛있는 건 나중에 먹으면 되지."

디저트가 아닌 에피타이저로.

브뤼스만은 이진혁을 그렇게 정의했다.

*　　　　*　　　　*

꽈르르르르릉!!

14척의 황금 전함이 동시에 주포를 발사했다. 대기권 내라 그런지 발사시의 소음이 좀 심하지만, 그 소음만큼이나 강력한 위력을 담보 받는다. 그 위력을 직감한 건지, 황제를 비롯한 제국군 악마들은 마기 방어막을 두르고 충격에 대비했다.

번쩍! 쾅!!

그리고 주포의 광선이 천둥 벼락처럼 나아가 제국군의 마기 방어막에 닿는 순간, 막대한 빛과 열량을 생성시키며 거대한 폭발이 일어났다.

경험치가 쭉쭉 오른다. 이 한 방으로 죽어나가는 악마들이 몇만 단위에, 자잘한 악마 군주들은 물론이고 악마 왕들까지도 소멸당했다는 것을 경험치 숫자만 봐도 잘 알 수 있었다.

비록 악마 황제는 큰 피해를 입은 것 같지는 않지만, 놈이 펼치고 있던 마기 방어막을 완전히 찢어발겨 놓았고 화상과 열상을 입혀놓았다. 당연히 이것에도 의의가 있다. 공격이 통한다! 이것만으로도 악마 황제에 대한 절대성이 크게 깎여 나간다.

아나나 다를까, 창천군의 악마들은 놀라움을 넘어 경악함을 초월해 거의 넋을 놓고 있었다. 정신 좀 차리게 해줘야겠군.

"지금이다, 쏴라!"

내 명령이 정신파를 통해 창천군 전체에 울려 퍼지자, 우레와 같은 함성과 함께 수많은 악마들이 공격을 쏴대기 시작했다.

그 공격의 종류는 악마마다 각양각색이었으나, 그 모든 공격이 동시에 퍼부어지자 결코 무시할 수 없는 결과를 냈다. 그것도 고위 악마들의 마기 방어막이 찢어진 타이밍이다. 작은 공격이라도 회복하는 데 시간이 드는 실질적인 대미지로 이어진다는 의미이기도 했다.

나도 가만히 있을 수 없지. 주포의 쿨을 돌려가며, 이번에는 부포와 기총 사격, 그리고 [천자총통]에 공격 명령을 내렸다. 물론 [대파괴 오케스트라]로 말이다.

교단에서 구입해 추가로 장착한 부무장들은 비록 [금신전선 상유십이]로 불어나지는 않았지만, [천자총통]이 달리지 않은 2번 함과 3번 함의 화력을 효과적으로 더해주었다. 물론 기함의 화력은 말할 것도 없이 배가되었고!

타타타타타타타!

특히나 60㎜ 기관포는 주포만큼은 아니더라도 뛰어난 연사력으로 악마들의 가죽과 살을 푸딩처럼 찢어발기고 있었다.

"저게 60㎜ 진은탄의 위력이지!"

진은탄은 악마를 비롯해서 사악한 존재들에게 추가 피해를 입한다더니, 물리 탄 치고는 상당한 전과를 올려주고 있었다.

비싼 돈 주고 산 값을 한다! 아니, 사실 돈이 아니라 기여도를 지불했지만 말이다!

내가 한참 신나 있을 그때였다.

"……!"

위험하다! 얼마 만에 느끼는 직감의 경고인지 모른다. 그 경고는 날 향한 것이 아니었다.

"피해, 안젤라!"

쿠와아아아아!

악마 황제의 입에서 기습적으로 마기의 소용돌이가 뿜어져 나왔다. 그 소용돌이는 마치 빔처럼 똑바로 날아가 황금 전함 하나를 타격했다. 분명 최대로 방어막을 전개했을 터임에도, 그 마기의 소용돌이에 직격당한 황금 전함은 맥없이 추락했다.

그대로 추락하게 놔두면 아군 쪽에 떨어져 큰 피해를 발생시킬 위험이 있었으므로, 나는 곧장 [금신전선 상유십이]를 제어해 그 전함의 존재를 없애 버렸다.

그랬다. 격추당한 전함은 다행히도 [축복받은 3대 삼도수군통제사 대장선 천자총통]으로 숫자를 불린 쪽이었다. [금신전선 상유십이]의 쿨타임만 지나면 언제든지 재소환이 가능하니, 치명적인 피해라곤 볼 수 없다.

그럼에도 악마 황제의 무력을 가늠하는 데는 충분한 예가 되었다. 한 방 제대로 맞으면 터진다. 전함 안에 들어가 조작하고 있는 안젤라도 방금 장면을 보고 모골이 송연해졌을 것이다.

"조심해서 잘 피해."

—걱정 마세요, 선배!

안젤라는 씩씩하게도 대답했다. 기특하긴 하지만 위기감을 좀 가져줬으면 하는 마음도 들었다. 알아서 잘하리란 건 알고 있지만 말이다.

"키르드도."

—네, 로드!

키르드의 대답이 살짝 늦은 건 약간 신경 쓰였지만, 겨우 그 정도로 트집 잡고 있을 때가 아니었다.

"어쩔 수 없군."

저 정도 위력의 마기 소용돌이를 자주 쏘진 못할 것이다. 당분간은 괜찮겠지. 하지만 다음에는 내가 개입해야겠다.

뭐, 뒤에서 조용히 있을 생각은 애초부터 없긴 했다.

"닫아라! 그리하면 열릴 것이다!"

"닫아라! 그리하면 열릴 것이다!"

아무리 악마들이라곤 해도 아군들이 저렇게 열심히 나서서 싸우고 있는데, 내가 안 나선다는 게 말이 안 되지.

＊　　　　＊　　　　＊

황금 전함의 포격이 거세기는 하지만, 악마 황제의 그림자 속에 숨은 브뤼스만에게는 조금의 위협도 되지 않았다. 악마 황제의 거체가 그 자체로 거대한 방벽 역할을 하기도 하지만, 애초에 그림자 속에 숨은 브뤼스만에게 단순한 물리력은 그 어떤 피해도 입힐 수 없었다.

적어도 악마 황제가 쓰러지기 전까지 어지간하면 그는 안전할 것이다.

"놈이 직접 나설 때까지 기다려야겠어."

그러니 브뤼스만도 느긋한 마음을 먹을 수 있었다. 이진혁이 방심한 틈을 타 가장 치명적인 일격을 먹이기 위해서 가장 필요한 건 인내심이었다. 자신이 여기 있을 거라고는 꿈에도 생각 못 할 이진혁의 목숨을 끊어낼 상상을 하며, 브뤼스만은 존재감을 숨긴 채 때를 기다렸다.

쿠와아아아!!

악마 황제가 마기의 소용돌이를 쓰는 소리가 요란스럽게 들렸다. 그리고 브뤼스만의 높은 직감 수치는 자신에게 곧 기회가 찾아오리라는 것을 정확히 캐치해 냈다.

그렇게 판단한 브뤼스만은 자신이 소유한 권능 스킬 중 하나인 [은밀의 권능]을 활성화했다.

그의 육신, 존재감이 어둠 속에 침잠한다. 이 권능으로 말미암아 그 누구라 할지라도, 설령 반격가 만렙을 찍은 이진혁이라 하더라도 그의 존재를 발견해 내지는 못하리라. 스킬로 인한 탐지 스킬도 항시 활성화시키고 있는 [차폐의 권능]이 막아줄 테니 걱정할 게 없었다.

다음 한차례의 적 함대 포격이 이뤄진 후, 브뤼스만은 본능에 몸을 맡긴 채 악마 황제의 그림자로부터 빠져나왔다.

그리고 만마전의 하늘을 올려다본 그의 시야에 드디어 이진혁의 모습이 보였다. 무슨 짓을 한 건지는 몰라도, 허공에서 갑자기 나타나 악마 황제의 목덜미를 노리고 있었다.

'때가 왔다!'

이진혁은 아직 브뤼스만의 존재를 눈치채지 못했다. 브뤼스만은 즉시 다음 권능 스킬을 발동시켰다.

[즉살의 권능]!

이 권능에 당한 자는 즉시 죽는다. 설령 이진혁에게 시간을 거슬러 갈 능력이 있다 한들 그 능력을 발동도 시키지 못한 채 자신이 어떻게, 누구에게 죽었는지도 모르고 죽을 것이다.

이제껏 범죄자들을 사냥해 온 놈에겐 포지티브 카르마와

카르마 마켓을 이용할 권한이 있을 거고, 따라서 [1up 코인]도 갖고 있겠지만 그것도 소용없다.

[봉인의 권능]!

브뤼스만은 이진혁을 죽인 후 바로 그 영혼을 봉인시켜 버릴 테니까. 설령 코인을 갖고 있더라도 카르마 마켓에 입장조차 못하고 그대로 봉인될 운명이었다.

더군다나 [봉인의 권능]에는 스킬 효과를 취소시키고 봉인 상태에서 다른 스킬의 발동을 불가능하게 만드는 효과도 붙어 있었다. 설령 [지배의 권능]을 취소시킬 능력을 지닌 놈이라도, 그 능력이 스킬에 기반하는 한 [봉인의 권능]을 취소시킬 수는 없다.

'체크메이트다!'

왼손에 [즉살의 권능], 오른손에 [봉인의 권능]을 깃들인 채, 브뤼스만은 그 자리에서 소리 없이 솟아올랐다. 그리고 이진혁이 악마 황제의 목덜미에 [진리의 검]을 꽂아 넣는 순간, 그 또한 양손으로 이진혁의 등을 내리쳤다.

퍼억! 펑!!

악마 황제의 목덜미에서 검은 피가 솟아나옴과 동시에 이진혁의 몸 전체가 브뤼스만의 두 권능 스킬의 힘에 휘감겼다.

"끄아악!"

단말마.

이진혁은 그 자리에서 사망했다.

Chapter 8

Chapter 8

　마지막으로 직접 나서서 싸운 게 언제인지 기억도 안 날 정도로 오랫동안 실전에 나선 적이 없는 브뤼스만이지만, 그럼에도 살의를 품고 스킬을 내지른 그 순간 그의 옛 감각은 날카롭게 벼려진 채였다.

　동시에 발한 두 권능 스킬이 완벽하게, 온전히 이진혁에게 박혔다. 무의식의 영역에서 발해진 완벽한 일격이었다.

　브뤼스만은 자기도 모르게 외쳤다.

　"해냈다! 해치웠다!!"

　아직 시스템 메시지는 나타나지 않았으나, 브뤼스만은 그

찰나의 순간 자신이 이진혁을 죽였음을 확신했다.

　─브뤼스만 님께서 이진혁 님을 살해하셨습니다.
　─플레이어 킬!
　─카르마 연산 중……
　─이진혁 님의 포지티브 카르마가 매우 높은 관계로, 브뤼스만 님께 페널티가 부과됩니다.
　─브뤼스만 님께 네거티브 카르마가 부여됩니다: ─1,767점.
　─네거티브 카르마가 0이 될 때까지 얻는 경험치 ─50%, 스킬 포인트 ─50%, 일반적인 조우 판정에서 첫 인상 페널티, 기여도나 우호도 판정에 페널티를 얻습니다.

　그리고 시스템 메시지가 그의 확신을 진실로 바꿔놓았다.
　만약 부활 수단이 있다면, 예를 들어 [1up 코인]이 있어 3분 후에라도 되살아날 수 있다면 카르마 연산 메시지는 나오지 않는다. 즉, 이진혁은 [봉인의 권능]에 의해 [1up 코인]의 사용조차 봉인되어 되살아날 길조차 막힌 채 죽었다.
　즉, 이 메시지가 가리키는 바는 이진혁은 벗어날 길 없는 완전한 죽음에 빠져들었다는 것. 그 어떤 반격의 여지도 없는, 그 어떤 변수도 나타날 리 없는 완전한 승리를 거두었다는 시스템의 증명이었다.

"이겼다……!"

직접 손을 내밀어 적을 죽여 승리한 기쁨을, 희열을, 쾌락을 브뤼스만은 실로 오래간만에 느꼈다. 왜 이제까지 이 행복감을 멀리한 채 살았던가. 통쾌하고 상쾌했다. 그동안의 스트레스가 완전히 날아간 기분이었다.

이진혁이란 놈이 포지티브 카르마를 얼마나 많이 쌓아놨는지 플레이어 킬 페널티는 무겁기 짝이 없었지만, 그 메시지마저도 브뤼스만의 기분을 조금도 방해하지 못했다.

"아니, 이 정도로 기뻐해선 안 되지."

브뤼스만은 저절로 올라가는 입꼬리를 억지로 내려앉히며 무겁게 중얼거렸다. 이진혁은 고작 3순위일 뿐이다. 복수를 할 대상은 아직 많이 남아 있었다.

소리 내어 크게 웃는 것은 교단을 완전히 망가뜨리고 카자크를 죽인 후의 일이 될 것이다.

그렇게 생각하고 있을 때였다. 마음을 놓았다. 방심했다. 그렇게 말할 수도 있었다. 그러나 돌이켜 생각해 봐도, 설령 주의를 기울이고 주변을 경계했다 하더라도 그 일격을 피할 수 있었을지에 대해서는 브뤼스만은 확신을 가질 수 없었다.

그 일격은 말 그대로 아무런 전조도 없이 찾아왔기 때문에.

퍼억.

시야가 멋대로 휘릭휘릭 회전했다. 목 아래가 대단히 아팠다. 나한테 무슨 일이 일어난 거지? 브뤼스만은 몰랐다. 회전하는 시야에 익숙한 게 스쳐 지나갔다. 그것은 브뤼스만의 모습이었다. 목이 날아간, 동체뿐의 모습이긴 했지만. 이 광경이 뜻하는 바는, 그러니까…….

'목이, 잘렸어!?'

목소리가 나오지 않았다. 그야 그렇다. 목소리를 내려면 공기를 넣어줄 폐가 필요하니. 그러나 그는 이미 목이 잘렸고 폐를, 몸을 잃었다. 목소리가 나올 리가 없었다.

그뿐만이 아니다. 심장도 잃었다. 피를 공급해 줄 기관을 잃었으니, 곧 시야는 까맣게 변하고 뇌 또한 생각을 못하게 될 터였다.

이 와중에도 그의 신경은 전신이 아프다고 고래고래 소리 지르고 있었다. 몸은 이미 없어 고통을 못 느끼는 게 정상일 터임에도. 환지통이었다.

곧 생각이 끊겼다. 마지막으로 느낀 건 전신의 고통. 그뿐이었다. 문장으로 만들어낼 법한 생각이나 감정 같은 건 떠오르지 않았다.

브뤼스만은 그렇게 죽었다.

눈을 떴더니 온통 하얀색뿐이었다.

익숙한 천장이었다.

"헉!"

브뤼스만은 놀라 상반신을 일으켰다.

"여기는… 여기는……!"

믿을 수가 없었다.

여기는 카르마 마켓이었다.

브뤼스만은 부들부들 떨었다. 그 이유가 분노인지, 공포인지, 아니면 둘 다인지 브뤼스만은 그 스스로도 판별하지 못했다.

입장권을 쓰지도 않았는데 카르마 마켓에 입장한 이유는 하나뿐이다.

"뭐야? 어째서……. 내가 어떻게 죽은 거지?"

죽었기 때문에.

"나는 자네가 여기에 온 게 더 신기허이."

카르마 마켓의 점주 노인이 혀를 끌끌 차며 브뤼스만을 내려다보고 있었다.

"그 더러운 카르마로 어떻게 카르마 마켓에 들어왔지? 여긴 처형인 전용의 마켓이네만."

"그거야 점주, 내가 [1up 코인]을 들고 있었기 때문이지."

그리고 [1up 코인]을 들고 있었기 때문에.

이 공간에서 노인을 적으로 돌리는 건 별로 좋은 선택이 아니다. 브뤼스만은 순순히 노인의 의문에 대답을 돌려주었다.

"현재의 내가 그 어떤 상태라 한들, 아이템은 아이템으로써 역할을 다한 결과지."

설령 이진혁을 죽여 네거티브 카르마가 폭발적으로 늘어났다고 한들, 브뤼스만이 죽는 그 순간 [1up 코인]은 그 역할을 다하여 브뤼스만을 카르마 마켓으로 보내주었다.

노인은 그 사실이 마음에 안 드는 듯 미간을 잔뜩 찌푸리며 말했다.

"과연, 그렇군. [1up 코인]이 되살리는 대상에 제한은 없었지."

하긴 노인이, 물건을 파는 상인이 물건을 살 돈도 없는 손님을 반길 리가 없었다. 아니, 손님조차 아니다. 돈이 없으면 손님이 아니니. 브뤼스만은 이 공간에서 그저 불청객일 따름이었다.

"하지만 자네가 네거티브 카르마를 얻은 그 순간, [1up 코인]도 네거티브 카르마를 상쇄하느라 소모되었을 텐데?"

"카르마 연산이 적용되기 전에 죽어서 그럴 테지."

별로 말하기 싫지 않은 내용이었기 때문에, 브뤼스만은 순간적으로 노인에 대해 예를 갖추는 걸 깜박하고 그냥 뱉듯 대꾸했다.

"뭐, 결과가 좋으면 다 좋다고 하니. 나는 코인의 힘으로 되살아날 거고, 놈은 죽었겠군. 왜 죽었는지 모른다는 건 좀 거슬리지만, 되살아나고 나서 천천히 생각하면 되겠지……."

브뤼스만은 그렇게 혼잣말을 흘리며, 몸을 추스르고 일어났다. 노인이 그런 그를 보며 다시금 혀를 끌끌 찼다.

"정말 모르는 모양이로군."

"뭐요, 점주? 왜 아까부터 시비신지?"

이 공간에서 노인을 적으로 돌려선 안 되지만, 노인이 이미 자신을 적대시하는 상태라면 이야기는 조금 달라진다. 물론 아직 확실한 건 아니니, 브뤼스만도 대놓고 막 나가지는 않았지만……

"자네는 죽었네."

노인은 엄숙히 선고했다.

'무슨 말을 하는가 했더니만.'

브뤼스만은 피식 웃으며 대꾸했다.

"그건 아오만."

"아니, 완전히 죽었다고."

노인은 무표정한 얼굴로 브뤼스만을 바라보며 그렇게 고했다.

"뭐, 뭐요?"

그제야 브뤼스만은 노인의 말에서 위화감을 느끼기 시작했다. 그야 그렇다. 노인은 카르마 마켓의 점주. 대부분의 손님을 죽은 채로 맞이하는 그다. 일반적인 죽음에 노인이 이런 식으로 선고할 리 없었다.

그럼 대체 뭐란 말인가? 브뤼스만은 황망히 노인의 얼굴을 올려다보았다. 그런 브뤼스만의 표정을 즐기기라도 하듯, 노인의 입꼬리가 아주 약간만 올라갔다 곧 제자리를 되찾았다.

"아무래도 [1up 코인]은 자넬 카르마 마켓으로 들여보내는 것에 역할을 다한 모양이야. 완전히 사라졌어. 자네를 부활시키지 않은 채 녹아 없어지고 말았지."

노인의 말에 브뤼스만은 초점 없는 눈으로 멍하니 그 자리에 섰다. 그로서도 이 상황을 예측하지는 못했다.

"그런 바보 같은! 그런 일이……!"

있을 리가 없다, 고 외치려고 했지만 그 말은 입 밖에 튀어나오진 않았다. 그런 일이 있을 리가 있었다. 브뤼스만만 해도 그 방법을 몇 개쯤은 알고 있었다.

"자네가 여기서 바깥으로 살아 돌아갈 방법은 없네."

그런 브뤼스만에게, 노인은 최후통첩이라도 하듯 엄숙히 선언했다.

"대체, 어떻게……!"

누구라도 붙잡고 하소연하고 싶은 심정에, 브뤼스만은 노인에게 외쳤다. 그러나 노인의 표정은 차가울 따름이었고, 뭐가 어떻게 된 건지 설명해 주지도 않았다.

"글쎄, 그렇게 됐네."

그저 그렇게 뱉곤 잘라낼 뿐이었다.

아니, 노인이 그 원인을 알기나 할까? 바깥 세계의 일이다. 모를 것이다. 브뤼스만은 결론을 내렸다.

그러므로 그 원인에 대해 탐구하는 건 브뤼스만 본인의 역할이었다.

[1up 코인]은 카르마 마켓의 상품이다. 이 아이템의 자동 발동을 멈추는 방법은 존재하지 않는 것이나 마찬가지였다. 브뤼스만 본인이 보유한 스킬, [봉인의 권능] 정도나 그런 효과를 발휘할 터.

그런데 [봉인의 권능]은 브뤼스만의 소유다. 권능은 한 사람 앞에 하나, 모든 권능은 기본적으로 고유 스킬 취급을 받는다. 그러니 그 외에 달리 [봉인의 권능]을 사용할 수 있는 자가 존재할 리가 없다.

브뤼스만 본인조차 다수의 권능 스킬을 갖기 위해 편법을 동원해야 했다.

'이진혁도 그 편법을 썼단 말인가?'

브뤼스만은 거기까지 생각했다가, 바로 고개를 저었다. 그 방법은 이 세상에 오직 단 한 사람, 브뤼스만만이 쓸 수 있는 방법이었으니까. 고유 특성은 말 그대로 고유한 능력, 유사한 능력은 있을 수 있어도 같은 능력은 없다.

'유사한 능력.'

브뤼스만은 퍼뜩 고개를 들었다.

'그러고 보니 이진혁, 그놈은 반격가였지.'

그렇다면 반격가의 직업 스킬로 [봉인의 권능]을 반사라도 했단 말인가?

'아니, 불가능해.'

고작 1차 직업인 반격가의 스킬로 권능급 스킬을 반사할 수 있을 리 만무하다. 설령 반격가 3차 직업이었더라도 마찬가지. 더욱이 놈은 3차 직업으로 신살자를 선택하고 만렙에 도달했을 터였다. 반격가 3차 직업을 얻지도 못했을 터.

그러니 스킬 반사는 아니다.

'그러면… 대체 뭐야?!'

아무리 생각해도 답이 나오질 않았다. 브뤼스만은 더욱 깊은 고뇌에 침잠해 빠져들었다. 그런 그를 놀리기라도 하듯, 노인은 이렇게 말했다.

"아니, 자네가 되살아날 방법이 아주 없지는 않군. 자네를 되살리려는 자가 있다면 되살아날 수도 있겠지."

"그, 그래! 그 방법이 있군!!"

브뤼스만은 황망히 웃었다.

브뤼스만은 [지배의 권능]으로 악마 황제와 악마 대왕들을 지배했다. 그들은 맹목적인 충성을 브뤼스만에게 바칠 것이다. 설령 브뤼스만이 죽었더라도 그들은 주인의 부활을 위해 노력하겠지. 그러니 자신의 부활 가능성은 매우 높다. 브뤼스만은 그렇게 판단했다.

"앞으로 3분."

그런데 노인이 뜬금없이 선언했다.

"…뭐? 뭐가!"

"자네가 여기에 머물러 있을 수 있는 시간이네."

노인은 장난꾸러기처럼 웃었다.

"그 뒤엔 부활할 방법은 사라질 걸세. 영원히."

노인의 말에 브뤼스만은 순간 아무것도 생각할 수 없게 되었다. 그러나 그의 영민한 두뇌는 곧 노인의 말이 거짓임을 알아챘다.

"거짓말…… . 거짓말이군. 내게는 사흘이라는 시간이 남아 있을 텐데?"

브뤼스만의 지적을 들은 노인은 턱을 젖혀 크게 웃은 후, 이렇게 말했다.

"그건 바깥 세계 기준이겠지."

노인의 입가에는 유쾌한 호선이 아직 남아 있었지만, 그 시선은 차갑기 그지없었다.

"학살자 놈과 오래 시간을 보내고 싶지 않아서, 시간의 흐름을 조금 빠르게 돌려두었거든."

브뤼스만은 섬뜩함을 느꼈다. 그런 그를 내려다보며, 노인은 잔인하게 말했다.

"이제 2분… 아니지. 1분 남았다."

노인이 조금 전보다도 더 시간의 흐름을 빠르게 한 모양이었다.

"이… 늙은이가!!"

브뤼스만은 더 이상 참지 못하고 자리를 박차고 일어나 노인을 향해 주먹을 휘두르려 들었다.

"호오."

그때, 노인의 눈동자에 이채가 드리웠다. 브뤼스만의 동작 또한 멈췄다. 노인이 뭔가 한 건 아니었다. 그의 동작을 멈춘 것은 다름 아닌 그의 마음속에서 피어난 희망 한 조각이었으므로.

"네놈을 되살리려 드는 이가 있다니. 의외로군."

그리고 희망은 현실이 되었다.

"다녀와라, 무례한 것. 한 가지 조언하자면, 예의를 잃지 마라."

노인은 쿡쿡 웃었다.

"예의가 사람을 만드는 법이니."

명백한 조롱이었다.

*   *   *

브뤼스만은 눈을 떴다.

'숨이 붙어 있다. 살아 있다. …되살아났다.'

눈이 부셨다. 일단 눈을 뜨긴 떴지만, 제대로 눈을 뜨기 힘들었다. 머리가 이상스레 무거웠다. 몸도 마찬가지. 아니, 손가락 하나 까딱할 수 없다.

"뭐가… 무슨……!"

브뤼스만은 입술을 떼었다. 목소리는 심하게 갈라졌다. 혀가 굳어 제대로 끝까지 말할 수도 없었다.

"네놈을 되살리느라 포지티브 카르마를 1,000 포인트나 소모했다."

다행히 귀는 정상인 모양이었다. 상대의 목소리가 제대로 들렸다. 하지만 그 목소리에 섞인 적대감은 브뤼스만으로 하여금 위기감을 느끼게 했다.

"정확히는 1,000 포인트에 사둔 아이템을 소모한 거지만……. 소모는 소모, 손해는 손해지."

뒤늦게 눈부심이 좀 줄었다. 브뤼스만은 시선을 돌려 목소리의 주인을 확인하려 애썼다. 그리고 곧 그 시도를 후회했다.

차라리 몰랐으면 좋았을걸.

모든 희망이 끊어지는 고통에 브뤼스만은 몸부림치려 했지만 그마저도 제대로 되지 않았다.

"이… 진혁!"

잘 움직이지 않는 혀를 억지로 움직여, 브뤼스만은 증오와 함께 원수의 이름을 토해내었다.

그렇다. 원수. 원수다. 이진혁은 자신의 원수다. 브뤼스만은 직감적으로 파악했다. 이놈이 날 죽인 것이 틀림없다. 무슨 수를 써서 어떻게 죽였는지에 대해서는 알지 못하나, 논리보다도 먼저 직감이 앞서 자신의 원수가 이진혁임을 가리키고 있었다.

"그래, 나다."

그 이진혁이 가지런히 난 흰 이를 드러내어 보이며 눈부시게 웃었다.

"이렇게 직접 보고 이야기를 하는 건 처음이로군."

그 웃음에 친밀감 따위는 조금도 묻어나지 않았다. 유쾌함이나 호의, 그 어떤 긍정적인 감정도 느껴지지 않았다.

그야 그렇다. 상대는 이진혁이다. 그의 적이다. 원수가 되기 전에도 적이었다. 대적자라 할 정도는 아니지만, 이진혁이 자신에게 호의를 가질 요소 따위는 없는 거나 다름없음을 브뤼스만 본인도 잘 알고 있었다.

브뤼스만은 곧 자신이 손가락 하나 움직일 수 없는 이유도 알게 되었다. 이진혁이 브뤼스만을 머리카락처럼 얇은 주제에 이상하게 튼튼한 줄을 갖고 꽁꽁 묶어놓은 탓이었다.

그리고 브뤼스만을 묶은 건 줄만이 아니었다.

[봉인의 권능]!

아무런 스킬을 사용할 수 없고, 인벤토리마저 봉인되어 버린 자신의 상태를 보고 브뤼스만은 스스로가 자신의 소유였던 권능에 의해 묶여 있음을 뒤늦게 깨달았다.

"네놈이, 어찌!"

그걸 알게 된 브뤼스만의 반응은 공포도 분노도 아니었다. 경악이었다.

"어떻게 네 권능을 쓸 수 있냐고? 그야 내가 반격가이기 때문이겠지?"

이진혁은 이죽거리며 웃었다. 1차 직업의 직업 스킬로 권능 스킬을 탈취했다는 말은 들어본 적도 없다. 더욱이…….

"네겐 이미 [징벌의 권능]이 깃들었을 텐데!"

한 사람이 가질 수 있는 권능의 숫자는 오직 하나!

그리고 이진혁은 과거 브뤼스만이 직접 인선해 보낸 암살자, 어포슬 로제펠트 합트크누플을 죽여 그 권능을 인계받았을 터였다. 생각보다 쓸데없는 그 권능을 손에 넣은 탓에 다른 권능을 인계받을 일은 없어졌어야 했다.

애초에 브뤼스만은 그걸 노리고 로제펠트를 이진혁에게 보낸 것이기도 했다. 혹시나 모를 가능성을 완전히 제거하기 위해, 이진혁의 권능 스킬 슬롯을 미리 채워 버리는 수를 쓴 거였다.

한 사람당 가질 수 있는 권능 스킬의 수는 단 하나. 이 제한을 회피하는 법은 추가 슬롯을 얻는 것뿐이다. 적어도 브뤼스만이 알기론 그렇다. 그러나 그건 불가능한 일이다. 브뤼스만이 추가 슬롯을 얻을 수 있었던 건 그의 고유 특성 덕이었으니.

고유 특성은 문자 그대로 고유한 특성, 지닌 사람이 단 한 명뿐인 특성이다. 브뤼스만의 고유 특성은 오직 브뤼스만만 갖고 있다는 의미다. 그러니 권능 스킬의 추가 슬롯을 생성할 수 있는 것도 브뤼스만 자신뿐이어야 했다.

그런데 어째서 [징벌의 권능]이 아닌 또 다른 권능을, 그것도 브뤼스만의 권능이기도 한 [봉인의 권능]을 이진혁이 쓰고 있는지 브뤼스만은 이해할 수가 없었다.

"설마……! 아니, 그럴 리가?"

설마 다른 방법이 존재했단 말인가? 권능 스킬의 보유 제한을 우회할 수 있는 다른 수단이.

"그럴 리 없다!"

브뤼스만은 자기도 모르게 그렇게 소리치고 말았다. 그게 그렇게 쉬웠다면 이제껏 브뤼스만이 상대해 온 적, 혹은 아군들 중 한 명은 그런 모습을 보였어야 했다. 브뤼스만이 상대해 온 그 어떤 강적조차도 그 제한을 뛰어넘지는 못했다.

아무리 고유 특성의 종류가 사람의 숫자만큼 있다고 해도, 이건 지나친 처사다. 왜 하필이면 그 수단이 이진혁의 손에 들어갔단 말인가?

"그래, 그럴 리가 없지."

브뤼스만의 속내를 알아채고 이러는 건지 아니면 그냥 그를 놀리려고 이러는 건지, 이진혁은 고개를 끄덕여 보였다.

"네 생각은 틀렸어."

확실해졌다. 이진혁은 자신을 놀리려고 이러는 거였다. 적어도 브뤼스만은 그렇게 생각했다. 분노가 치밀어 올랐다.

"네놈, 나를! 능멸하느냐!!"

손가락 하나도 움직일 수 없고 스킬이나 아이템 사용도 봉인된 신세다. 그 분노는 조금도 위협적일 수 없었다. 실제로도 브뤼스만의 분노는 이진혁을 웃겼을 따름이었다.

"카핫, 능멸? 내가? 널? 지금 네가 뭐라도 되는 줄 알고 하는 소리야?"

"지금, 내가?"

브뤼스만의 표정이 딱딱하게 굳었다. 그제야 브뤼스만은 주변을 좀 둘러볼 정신을 챙기게 되었다. 그의 충실한 부하, 악마 황제 알렉산드로스의 모습이 보이지 않았다. [지배의 권능]을 걸어두었던 다른 악마 대왕의 모습도…….

심지어 여기는 만마전조차 아닌 것처럼 보였다. 악마들의 모습이 보이지 않았다. 대지에는 꽃이 피어 있었다. 여기가 만마전이라면 있을 수 없는 일이다. 모든 것들이 다 마기에 의해 잠식당해 풀도 이끼마저도 자라나지 않는 만마전에서 꽃이라니!

예상은 했다. 그야 그렇다. 되살아나 처음 본 얼굴이 이진혁이며, 전신이 묶이고 [봉인의 권능]에마저 걸린 상태다. 이 정도는 예상했어야 했다.

"…네놈이 날 되살린 거냐?"

혹시나 해서 물으니, 역시나 고개를 끄덕인다.

"그래, 맞아."

"무슨 생각으로!"

브뤼스만은 발작적으로 되물었다. 그 질문을 들은 이진혁은 비릿하게 웃었다.

"널 고작 한 번 죽여 없앤 거론 아무래도 수지타산이 안 맞단 말이야."

"…뭐?"

"네놈은 내 1/6을 죽여 없앴다."

그 말을 하는 이진혁의 눈동자에 깃든 감정은 증오, 분노,

적대감 등 이런 것과는 거리가 멀었다.

"그 대가는 받아야겠어."

이진혁의 눈동자는 번들거리고 있었다. 브뤼스만에겐 익숙한 눈빛이었다. 그것은 다름 아닌 욕망의 빛깔이었다.

*　　　*　　　*

브뤼스만의 겁에 질린 표정이 참 볼 만하다. 온몸이 줄로 꽁꽁 묶여 도롱이처럼 보여, 놈의 그러한 모습은 조금 유쾌해 보이기까지 했다. 어쩌면 이것만으로 놈을 되살린 의의가 있을지도 모른다는 생각이 살짝 들 정도였다.

물론 내가 브뤼스만을 되살림으로써 얻길 바랐던 건 그냥 순간의 통쾌함뿐인 건 아니었지만 말이다.

그야 그렇다. 다른 사람을 되살리는 아이템, [백년백련의 씨앗]은 카르마 마켓에서 무려 포지티브 카르마 1,000 포인트나 하는 비싼 아이템이다. 한순간 통쾌하자고 써버릴 가격은 아니다. 물론 브뤼스만을 죽임으로써 카르마를 꽤 벌긴 했지만 아무리 그래도 그렇지.

"…1/6이라고?"

한참을 부들부들 떨던 브뤼스만이 긴 침묵 끝에 꺼낸 말은 그거였다.

"[봉인의 권능]과 [즉살의 권능]이다! 네놈에게 때려 넣은 권능 스킬이 두 개란 말이다! 그런데 1/6?! 그게 무슨 개소리냐! 네가 그걸 맞고 어떻게 살아남아?! 쓰레기 같은 [징벌의 권능] 하나만 가졌을 놈이!!"

"뭐? 내가 [징벌의 권능]만 가진 줄 어떻게 알아?"

브뤼스만의 말이 하도 황당했던지라, 나는 반사적으로 그렇게 되묻고 말았다.

"네놈이 로제펠트를 죽인 건 알고 있다. 놈의 권능을 인계받았겠지?! 그러니 넌 [징벌의 권능] 하나만 가지고 있어야 해! 한 사람 앞에 권능은 하나! 이게 절대적인 룰이니까!!"

호오, 권능 스킬은 동시에 하나만 가질 수 있는 모양이로군. 좋은 정보를 얻었다. 나는 몰랐던 사실이다. 다른 권능 스킬 보유자들에게 물어봤으면 금방 알았을 사실이지만, 난 내가 모른다는 것도 몰랐기에 물어볼 수도 없었다.

그렇다면 내가 여러 개의 권능 스킬을 동시에 가질 수 있었던 것도 내 고유 특성, [한계돌파] 덕이었던 모양이다.

하지만 이 정보에 매몰되어선 안 된다. 눈앞의 이 도롱이, 브뤼스만도 동시에 권능 스킬을 4개나 갖고 있었으니까. 룰이 있다면 예외도 존재한다. 그게 나고, 그리고 이놈이다.

아무튼 나는 방금 얻은 정보를 미리 알고 있었던 것처럼 씨익 웃었다.

"궁금한가 보군."

그러곤 의미심장하게 말했다.

"그야 그렇지. 자기가 어떻게 죽었는지는 궁금할 테지. 굉장히 궁금할 거야."

"네, 네놈……!"

내 놀리는 것 같은 말투에, 브뤼스만은 분했는지 얼굴이 시뻘겋게 변했다.

아니, 사실 놀리는 것 같은 게 아니라 놀리고 있다. 나는 놈의 속을 살살 긁어줄 요량으로, 되도록 밝고 유쾌한 목소리로 들리도록 말하고 있다.

"정보란 건 대단히 가치 있는 재화지. 그렇게 생각하지 않나? 응? 브뤼스만."

"무슨… 생각을……!"

"내놔."

나는 웃음을 그치고 엄숙히 요구했다.

"……!"

"거래다, 브뤼스만. 내가 하나를 가르쳐 주는 대가로 네가 가진 쿠폰을 내놔."

"…카자크냐."

무슨 질문인지는 알겠다. 브뤼스만이 신기하고도 쓸모 있는 쿠폰을 갖고 있다는 사실을 누구에게서 전해 들었느냐에 대한 질문이겠지. 그 질문에 대한 답은 그도 잘 알듯 카자크다.

하지만 난 그 질문엔 대답하지 않았다. 대신 이렇게 말해주었다.

"그 질문에 대한 대답은 [레벨 업 쿠폰] 1장 정도의 가치가 있겠군."

그렇다. 내가 브뤼스만을 되살린 진짜 이유가 이거였다.

브뤼스만을 그냥 죽여 버리면 놈의 인벤토리는 잠긴 채 사라져 버린다. 그리고 그 안의 아이템들도 다 녹아 없어질 테지. 본래 일개 인스펙터 요원이었던 카자크를 작은 오두막에서 며칠 만에 강자로 만들어 버릴 수 있는 신기한 쿠폰들도 함께 말이다.

그건 너무 아깝잖아? 그래서 브뤼스만을 되살린 거다. 놈의 인벤토리를 까고 그 안의 아이템들을 다 파먹기 위해.

"…인벤토리를 열어줘야 지불할 수 있겠는데?"

자신이 화를 낼수록 내가 즐거워한다는 걸 눈치챘는지, 브뤼스만은 애써 웃으며 말했다.

"그 정돈 열어주지."

나는 손가락을 튕겨 따악 소리를 냈다. 브뤼스만의 얼굴에 순간 희색이 떴으나, 곧 똥 씹은 얼굴이 되었다.

"뭐야, 내게 걸린 [봉인의 권능]이 그대로잖아?"

"인벤토리만 열리게 조치했으니까 당연하지. 그보다 속내가 너무 훤히 드러나 보이는데? 스킬부터 쓸 생각을 하다니."

굳이 일부러 웃으려고 연기할 필요도 없었다. 진짜로 웃겼으니까. 그런데 브뤼스만은 내 웃음에 분해하기는커녕 경악하며 외쳤다.

"그, 그럴 수가! 봉인의 대상을 제한할 수 있다고? 대체 어떻게……?!"

"그 질문에 대한 대답은 좀 비쌀 것 같군."

참고로 정답은 [봉인의 권능] S랭크 보너스였다.

아직 [봉인의 권능]에 걸린 탓에 자신의 권능이 모조리 내게 넘어온 건 아직 눈치채지 못한 모양이었다. 하긴 권능 스킬을 얻은 뒤론 처음 죽어봤을 테니 알 리 없지.

권능 스킬을 지닌 상대를 죽여보긴 했을 테지만, 권능 스킬 보유 제한 때문에 나처럼 권능의 선택을 받은 적도 없을 거고 말이다.

물론 [봉인의 권능]을 비롯한 브뤼스만 소유의 권능 스킬을 인계받은 직후엔 모두 연습 랭크였으나, [봉인의 권능]만큼은 합성을 통해 S랭크까지 올려 추가 옵션을 얻어두었다. 그 추가 옵션이란 게 봉인 대상의 봉인 범위를 자유자재로 열고 풀수 있는 거였다.

상대는 브뤼스만이다. 지금은 도롱이지만, 한때는 교단이라는 큰 세력을 배후에서 조종한 놈이다. 이놈이라면 S랭크라는 말만 듣고도 내 특성에 대해 바로 알아챌 거 같으니 쉽게는 답을 알려줄 수 없지.

뭐, 비싼 값을 치를 생각이 있다면 말해줄 수도 있지만 말이다.

"인벤토리도 열렸겠다, 그럼 이제부터 거래를 시작하자. 브뤼스만."

본격 불공정거래의 시작이다.

*　　　　*　　　　*

"…네놈 속셈은 알겠다. 내게서 뜯어먹을 걸 다 뜯어먹은 후에는 다시 죽일 셈이지? 내가 그걸 알면서 거래에 응할 거 같나?"

역시 브뤼스만이다. 눈치챘군. 역시 만만치 않은 상대다. 뭐, 자기도 비슷한 짓을 여러 번 했을 테니 바로 떠올릴 수 있는 거겠지만 말이다.

이 반응을 보아하니 아무래도 이쯤해서 당근 하나쯤은 내밀어 줄 필요가 있을 거 같았다. 그러므로 난 내가 이놈에게 내밀 수 있는 최고의 당근을 하나 내밀어 주었다.

"거래에 응한다면 깔끔하게 죽여주지."

브뤼스만의 표정이 요상하게 보였다. 기껏 내민 당근이 당근처럼 보이지 않는 모양이었다.

"응하지 않는다면?"

그럼 당근처럼 보이게 만들어야지. 난 형량을 구형하는 검사처럼 엄숙히 선언했다.

"널 죽인 다음 비토리야나에게 네 영혼을 넘겨 백만 년 동안 핥아먹게 만들겠다."

"비토리야나라고?! 그년 이름이 갑자기 왜 나와!?"

브뤼스만이 이상한 데서 화들짝 놀랐다. 뭐야, 알고 있는 거 아니었나? 아무래도 내가 브뤼스만의 정보력에 대해 과대평가하고 있었던 것 같다.

"그 또한 거래 대상이다, 브뤼스만."

그렇다고 쉬이 알려줄 내가 아니다. 모든 정보가 다 거래의 자산이 될 수 있는 상황이다. 티끌 하나라도 다 팔아먹을 거다.

"큭……!"

"이제 좀 거래할 생각이 드나?"

눈동자를 희번덕거리며 고민하는 모습이 인상적이다.

이걸 지켜보고 있는 것도 재미있지만, 시간 낭비를 오래하고 있을 수는 없지. 당근을 던져줬으니, 이젠 채찍을 한 대 후릴 때다.

나는 놈을 죽이기 위해 [즉살의 권능]을 준비했다. 아직 연습 랭크지만 브뤼스만 하나 죽이는 데엔 딱 적절할 것 같았다.

아니, 이러면 안 되지. 채찍 치곤 좀 지나치게 무겁다. 거래고 뭐고 지금 당장 죽여 버리고 싶다는 생각을 충동적으로 한 탓이다. 게다가 [즉살의 권능]은… 안 된다. 고통 없이 한 번에 보내 버리는 스킬이니까. 기왕 죽일 거라면 최대한 고통에 몸부림치면서 죽게 해야지.

다행히 내 충동적인 행동은 무의미하게 끝나지는 않았다. 흠칫 놀란 브뤼스만은 지레 쫄아서 결국 이렇게 입을 열었다.

"어, 어떻게 살아남았지?"

질문이다. 즉, 거래가 시작되었다.

놈의 머릿속이 훤히 들여다보인다. 어쨌든 시간을 끌며 좋은 생각이 떠오르길 기대하는 거겠지. 그것도 괜찮다. 어쨌든 거래를 할 마음은 먹은 거니까.

나는 [즉살의 권능]을 거두고 환히 웃으며 대꾸했다.

"[레벨 업 쿠폰] 10장."

브뤼스만 놈은 이를 득득 갈면서 시스템의 거래창에 내가 요구한 [레벨 업 쿠폰]을 올려놓았다.

"거래 성립이다."

나는 큭큭 웃으며 말했다.

브뤼스만이 이를 너무 갈아서 임플란트를 해줘야 할지 걱정스러울 정도가 되었지만, 놈의 강건 능력치도 그리 낮진 않은지 저렇게 잇몸에 피가 나게 이를 악물어도 이가 부러지거나 부서지진 않은 것 같았다. 안타깝게도 말이다.

아무튼 거래는 성립되었으니 대가를 치러줘야겠지. 나는 다시 입을 열었다.

"정확하게 말해 난 살아남은 게 아니다. 네 공격에 의해 죽었지. 네가 건 [봉인의 권능]에 의해 스킬과 아이템 사용도 막히고, [즉살의 권능]에 그냥 죽어버리고 말았어."

거기서 일단 말을 끊고 힐끗 브뤼스만의 얼굴을 들여다보니, 얼굴이 시뻘게진 채 내 이어질 말을 기다리고 있었다.

거래는 거래다. 끝까지 대답은 해줘야겠지. 그래야 다음 거래도 성립될 테니까. 나는 고작 [레벨 업 쿠폰] 10장에 만족할 생각은 없었다. 더 우려먹어야지.

"…네가 공격한 내 1/6이 말이다."

이야기를 정리하자면, [봉인의 권능]은 진짜였다. 내가 지닌 모든 스킬과 아이템을 봉인했으니 말이다. 그러나 단 하나만큼은 봉인하지 못했는데, [봉인의 권능]보다 등급이 높은 초월 권능급 스킬 [기습하는 또 하나의 나]가 그거였다.

내 영혼, 내 정신, 내 존재의 1/6을 품은 분신은 그 자리에서 [즉살의 권능]에 의해 죽어버렸고, 다시는 부활시킬 수 없는 상태에 빠졌다.

만약 평범한 분신 스킬이었다면, 하다못해 [분신의 권능]이었더라도 [봉인의 권능]에 의해 분신 상태도 해제되고 내 본신

100%에 [즉살의 권능]이 꽂혀 죽었겠지.

하지만 [기습하는 또 하나의 나]는 [봉인의 권능]보다 등급이 높다. 따라서 더 낮은 등급 스킬인 [봉인의 권능]에 의해 해제되거나 봉인되지 않았기 때문에 내가 잃은 건 1/6뿐이었고, 나머지 5/6은 무사할 수 있었다.

그리고 살아남은 나머지 분신을 써서 브뤼스만에게 반격을 가해 죽였다.

이게 나와 브뤼스만 사이에 일어난 전투의 전부였다.

"플레이어 사이의 전투는 스킬 하나, 상성 하나로 갈린다더니 정말이었어."

나는 그렇게 소회를 밝혔다.

"미친!"

그리고 브뤼스만의 감상은 이거였다.

"초월 권능? 그런 건 들어본 적도 없어! 그런 게 존재하다니… 말도 안 돼!"

상식적으론 말도 안 된다는 건 나도 알고 있었다. 한 사람 앞에 권능 스킬은 하나뿐이라던 놈의 말만 들어도 그렇다. 그런데 그 권능 스킬을 여러 개 모아 초월시켜서 초월 권능을 만들어냈다? 나도 이게 말도 안 되는 일인 건 알고 있었다. 할 땐 모르고 했지만 말이다.

"뭐, 네가 몰랐다는 건 알고 있었어. 네가 내 스킬에 대해 미리 알았다면 동시에 권능 세 개를 활성화시켜 가며 내게 모든 걸 다 퍼붓진 않았겠지."

브뤼스만의 기습은 [봉인의 권능] A랭크로 모든 스킬을 다 봉인할 수 있다고 믿었기에 시도할 수 있었던 과감한 한 수였다. 오만한 한 수였기도 했고 말이다.

그리고 그 오만이 전투의 결과를 확정지었다.

"이제 좀 덜 억울한가?"

전혀 억울함이 걷히지 않을 걸 알면서도, 나는 굳이 그렇게 물었다. 당연히 억울하라고 하는 소리다. 그래야 다음 거래에 응할 테니까. 물론 그 목적보단 단순히 그냥 브뤼스만의 억울한 표정을 감상하며 통쾌함을 느끼기 위해서이기도 했다.

"…그래."

그러나 브뤼스만은 자기가 억울해할수록 내가 좋아한다는 걸 간파하고 애써 감정을 수습하는 모습을 보여주었다. 뭐, 이것도 이거대로 즐길 만하지만 나는 굳이 웃어 보이지 않았다.

"그럼 다음 거래. 뭐가 궁금하지?"

"…지금 죽음을 선택하면 그냥 죽여줄 텐가?"

거래는 한 번 성립했다. 그러니 이제 해방시켜 주지 않겠는가? 그런 질문이리라.

"괜찮은 질문이다. 그러니 이 질문에 대해선 공짜로 대답해 주도록 하지."

짐짓 엄숙한 표정을 지으며, 나는 형량을 선고하는 판사와
같이 대답했다.

"하나의 거래를 성립시켰으니 1만 년은 빼주지. 앞으로 99만
년간 비토리아나에게 네 영혼을 핥게 하겠다."

마지막에는 결국 참지 못하고 웃어버렸지만 말이다.

*　　　*　　　*

"크크크큭, 크하하하하!!"

이진혁의 사악한 웃음소리가 울려 퍼졌다. 브뤼스만은 그
의 웃음소릴 들으며 부들부들 떨었지만, 체념은 곧 찾아왔다.
솔직히 말해 이진혁에게 반격을 하기는커녕 여기서 살아나갈
방법이 있는지조차 전혀 떠오르질 않았다.

초월 권능이라니. 이진혁은 간단히 말했지만 분명 신조차
가지지 못할 영역의 힘이다. 이런 놈이 대체 어디서 튀어나왔
지? 브뤼스만은 새삼 궁금해졌지만, 그 궁금함을 풀기 위해선
적지 않은 티켓을 지불해야 하리라.

"…100개의 질문을 다 하면, 정말로 깨끗하게 죽여줄 건가?"

브뤼스만의 질문에, 이진혁의 웃음이 뚝 그쳤다.

"그건 약속하지. 그래야 네 소지품을 내 호주머니에 모조리
쓸어 담을 수 있을 테니 말이야."

정말 쓸데없이 솔직한 남자였다. 한편으로는 이진혁의 이러한 솔직함이 브뤼스만 본인에게 있어서는 희망적이고 긍정적인 요소였다. 자신을 상대로 기만술을 쓰지 않는다는 건, 그만큼 이진혁이 자신을 얕보고 있다는 소리니까. 적어도 브뤼스만은 그렇게 생각했다.

'그래, 체념하긴 아직 이르지.'

브뤼스만의 속내에서 다시금 생에 대한 집착이 끓어올랐다.

'놈에게서 적절한 정보를 끌어내 살아나갈 방법을 찾는다. 아니라면 놈에게 아양이라도 떨어 목숨을 건지겠다. 중요한 건 목숨을 건지는 것! 살아만 있으면 얼마든지 반격의 기회는 생길 테니까!!'

그렇게 새롭게 각오를 다진 브뤼스만은 더 늦기 전에 다음 질문을 던지기로 했다.

"악마 황제, 알렉산드로스는 어떻게 됐지?"

"한 장."

브뤼스만은 [레벨 업 쿠폰] 한 장을 이진혁에게 건넸다.

"내가 죽였다."

이렇게 짧은 대답을 듣기 위해 쿠폰을 지불한 건 아니라고 항의하려 했지만, 이진혁의 입이 다시 열리는 바람에 타이밍을 놓쳤다.

"107번 죽였다."

107번? 뜬금없는 발언에 브뤼스만은 잠시 멍하니 이진혁을 바라보았다.

"…뭐?"

"네가 참 제대로 키워냈더군. 놈은 달콤했고… 대단히 맛있었다."

물론 알렉산드로스는 브뤼스만의 걸작품이었다. 그런데 그게 달콤해? 맛있어? 브뤼스만은 영 영문을 알 수가 없었다.

"그게 무슨 소리야?"

"설마 놈을 세 자릿수에 가깝게 맛볼 수 있을 줄은 몰랐는데, 놈은 기어이 부활해 그 횟수를 채우더군. 마지막엔 내게 울며 매달리는 바람에 흥이 좀 식긴 했다만……."

그렇게 늘어놓는 이진혁의 두 눈에서 안광이 번들거리고 있었다. 그 눈에서 비치는 그의 순수하고도 진하고 깊은 욕망의 빛깔에 브뤼스만은 소름이 돋았다.

눈앞의 존재는 절대 정의로운 존재가 아니다. 당연히 선한 존재도 아니다.

자신의 욕망에 충실한, 자신과는 또 다른 방향의 악당일 뿐이다. 자비를 구해봤자 들어줄 리 없을뿐더러, 오히려 목숨을 구걸하는 자신의 모습을 보곤 비웃으며 즐거워할 것이다.

"다음, 질문을 해라."

동시에, 브뤼스만은 이진혁이 지금 갈등에 시달리고 있음을 알았다. 놈은 자신의 인벤토리를 털어먹는 것도 이득이라고 생각하고는 있지만, 그보다 당장 자신을 죽여 경험치든 카르마든 뭐든 얻고자 하는 욕망을 억누르고 있었다.

브뤼스만은 이진혁이 자신을 절대 살려둘 리 없음을 뒤늦게 깨달았다. 직감적인 깨달음이었으나, 틀릴 가능성은 거의 없었다.

'젠장.'

등을 타고 흐르는 식은땀의 존재를 인지하면서, 브뤼스만은 1초라도 더 살아남기 위해 다음 질문을 머리에서 짜내야 했다.

"여기가 어디지?"

"그 질문을 이제야 하다니. 2장이다."

[레벨 업 쿠폰]을 건네자, 답이 돌아왔다.

"여기는 구 만마전이다."

"여기가 만마전이라고?"

"놀랍지? 중요한 정보지만 자랑하고 싶어서 싸게 줬다."

이진혁의 말에 의하면, 만마전이 '혁명'에 성공하자 '창천군'의 악마들이 새로운 존재로 진화했다고 한다. 그리고 악마들에 의해 착취당해 죽은 상태였던 세계가 부활하여, 더 이상 만마전이라고 부를 수 없는 곳이 되었다.

"죽은 세계가 새로 태어났기에 이름을 새로 지어줘야 했지.

그리고 그 명명권이 내게 주어졌고 말이야. 내가 지은 새 이름은……."

거기까지 말하고, 이진혁은 씨익 웃었다.

"알려주지 않겠어."

놀리듯 그렇게 맺었다.

이진혁은 가볍게 말했지만, 세계의 이름은 중요한 정보다. 저 입에서 세계의 새 이름을 뱉게 만들려면 브뤼스만으로서도 꽤 많은 쿠폰을 뱉어내야 될 터였다. 그렇기에 궁금했지만 묻지 않았다.

"자, 거래를 계속하지. 다음 질문."

그렇게 말하며 자신을 바라보는, 욕망에 푹 적셔진 이진혁의 눈동자에 브뤼스만은 전율했다.

『레전드급 낙오자』 9권에 계속…